目　次

巡る季節と、折々の情景。

四季の変化に彩られて時は緩やかに流れていく。

不変だと思われていた風物も少しずつ様子が移り変わっていく。

だが変わらないものもある。

東京（とうきょう）、浅草（あさくさ）。

下町の人々が行き交うオレンジ通りに、一軒の和菓子屋が密（ひそ）やかに佇（たたず）んでいる。

明治時代から四代続く老舗で、唐茶色の暖簾（のれん）に書かれた文字は、『甘味（かんみ）処（どころ）栗丸堂（くりまるどう）』。

中に入ると、ショーケースに並んだ数々の和菓子があなたを出迎える。

素朴ながらも多様な形と上品な色合いは、あなたの頰をきっと緩ませるだろう。

時が流れても、どんな事情があっても——。

栗丸堂は今日もそこにある。

あなたはこの店で心和む幸せな一時を過ごすかもしれないし、新たな驚きに遭遇するかもしれない。

シベリア

炊きたての餡（あん）の香りが漂う、栗丸堂の奥の作業場――。

棚には木べらや菓子バサミなどの道具が並び、壁際に流し台。部屋の隅には業務用の餅つき機が置かれている。

そんな室内の銀色に光るステンレスの作業台で、栗田仁（くりたじん）は朝生菓子を作っていた。

「ん。これで今朝の分は最後だな」

目の前には、塩味の赤えんどう豆をたっぷり混ぜた、熱い餅のかたまりがある。

栗田はその餅を程よい大きさにちぎって、片栗粉（かたくりこ）の上に薄く広げていった。

まもなく白い餅皮が十六個できあがる。そのひとつを手にのせ、丸めておいた餡を中に仕込み、さっさっと包んだ。

たちまち愛らしい丸い形になる。栗丸堂の昔からの看板商品、豆大福だ。

栗田は残りの餅皮にも同じように餡を仕込んでいき、やがて息を吐く。

「ふう。――いい感じだ。どれも旨（うま）そうに作れたな」

できたての豆大福は餅生地がとろりと柔らかく、豆の風味も濃厚で、こたえられない美味しさなのだ。これを目当てに午前中から買いに来てくれる常連客も多い。

欲しがる全員が入手できて、なおかつ売れ残りが出なければいいのだが、帳尻がぴったり合う日がほとんどないのが悩ましいところだ。

「ま、それでも最近はかなり売上も安定してるけどな」

ありがてえよ——と呟いた栗田は、生まれも育ちも浅草。端整な顔立ちをした黒髪の青年だ。この和菓子屋兼甘味処、栗丸堂の四代目店主である。

引き締まった長身痩躯で、今は製菓用の白衣と和帽子を着用していることもあり、見るからに凛々しい。その眼光の鋭さは、かつて不良少年だった頃の名残なのだろうか。しかし当時を知る者でも、今の方が遥かに手強そうだと率直に思うだろう。

作っているものは、いたってほのぼのとした甘い和菓子なのだが。

「いやぁ、栗さん、見事なお手並み！」

ふいに中之条が後ろから声をかけてきた。

中之条はお調子者で人懐こく、和菓子作りの技量もまあまあ。栗田とは付き合いの長い、弟分のような同僚だ。取り組んでいた豆餅の作業には一段落ついたらしい。

「最近また腕が上がったんじゃないですか？」中之条が朗らかに言った。

「そうか？」

「僕の目にはそう見えますよ」

「……そっか」

正直、腕を褒められて悪い気はしない。日頃の鍛錬の成果が出ているようだ。

「仕事ができて男気があって、おまけに素敵な彼女までいて、今じゃ向かうところ敵なしって感じですね。憧れちゃうなあ、このこのぉ」

中之条はしたり顔で、つんつんと指でつつく真似をする。

「うぜえ……」

「真面目な話、欠点らしきものが見当たらないんですよ。——お風呂にスマホを持ち込んで、湯船から出た瞬間に自撮りした写真をみんなに送りつける癖を除けば」

「致命的じゃねえか、その欠点！」

栗田は脊髄反射的に言った。

「それだけで他の長所が根こそぎ相殺されちゃうだろ！　やめてくんない？　たっぷり持ち上げたあとで、人に妙な癖を捏造すんの」

「気持ちはわかります。腹筋がびしっとかっこよく割れてたら、みんなに見せびらかしたくなるのが人情ってものですから」

「……やめてくんない？　人をナチュラルに露出狂扱いすんの。言っとくけど、俺は自分の裸体には一ミリも興味ねえんだよ。喧嘩売ってんのか」

「まさか。とんでもない！」

中之条は焦った笑顔で素早く手を横に振る。

「やーれやれ。相変わらず仲がいいねえ、あんたらは」

ふいに暖簾を掻き分けて、呆れ顔の赤木志保が作業場に入ってきた。

志保は栗丸堂で販売と接客を担当している従業員。粋でいなせな年上の女性だ。

「仲がいいって——なにをどう聞いてればそうなるわけ、志保さん？　俺ら今、思いっきり揉めてたところなんだけど」

栗田がぶっきらぼうに言うと、志保ははっと軽く笑う。

「なに言ってんだい。ただ、じゃれ合ってただけじゃないか。毛づくろいし合ってる動物園の仲のいい猿みたいにさ」

「……言い方ってもんがあるだろ」栗田は思わず仏頂面になった。

「レトリックってやつですねぇ」

中之条はあっけらかんと笑っていた。

「それはそうと、時間は大丈夫なのかい、栗。今日はこれから用事があるんだろ？」

志保の指摘に、栗田は壁の時計にちらりと目をやった。もうすぐ九時になる。

「ああ。そろそろ準備した方がよさそうだな」

あまり悠長にはしていられない。一時間後に彼女と待ち合わせをしているのだ。

幸い、主要な和菓子は既に全部作り終えた。看板商品の豆大福も普段より多めにこしらえたし、すぐに足りなくなることはないだろう。

「あと、まかせても大丈夫か？」

栗田が訊くと志保は快活に「大丈夫に決まってるだろ！　ほら、さっさと着替えてきな」と言い、中之条は「泥船に乗ったつもりで頼りにしてください」と胸を張る。

「大船……な。でもありがてえよ。じゃあ店の方はしばらく頼む」

「あいよ！」と志保。

「はーい」と中之条。

微笑んでいるふたりの前を横切ると、栗田は作業場を出て足早に階段をのぼった。

二階の自室に入って、昨晩用意しておいたスーツにてきぱきと着替える。

ネクタイをきゅっと締めて鏡の前に立った。

「いつ見ても慣れねえんだよな、この格好。誰なんだよ……」

鏡を見ながら渋い表情で「俺だよ」と呟くが、もちろん誰も聞いていない。栗田は前髪を軽く掻き上げると、素早く身を翻して一階の玄関へ向かった。

栗田は現在、店の仕事と並行して、大規模な和菓子のイベントに参加している。

全国和菓子職人勝ち抜き戦――。

日本文化を愛する宇都木雅史という実業家が、和菓子業界を盛り上げるために企画した祭典だ。全国各地から腕の立つ職人を集めて、頂点を決めるのだという。

優勝者が得られるものは、高額の賞金と〝日本一の和菓子職人〟の栄誉――。

もちろん店の宣伝にもなる。勝ち進んだ精鋭が織りなす本選の様子はＴＶ中継されるのだ。それだけでも多大な集客効果が見込めるらしい。

エントリーはプロアマ不問。制限時間内にすべての製菓作業を単独で行うのは大変だから、ふたり一組のチームで出場するルールになっている。

栗田は恋人の鳳城葵と組んで参加した。ひとりで出場することも可能だが、基本的には不利になるため、結果を出したい者には不向きだろう。

さておき、寒さが厳しかった今年の二月にオープニングセレモニーが開催され、その日は全国から腕に覚えのある一〇二四チームが都内のホテルに集まった。

それを皮切りに長期にわたる予選が始まり、栗田たちは一次予選、二次予選、三次予選を順調に突破していったのである。

そして今は六月——。

勝ち抜き戦に参加した一〇二四チームは、遂に十六チームまで絞られた。

この十六チームが七月の本選で鎬を削り、最終的に日本最高の和菓子職人が決定されるということだ。

これまで積み重ねてきたものをぶつける直接対決の場である。熱く過酷で、しかしながら体感時間はおそらくあっという間なのだろう。一瞬の閃光のような体験になるはずだ。想像すると栗田の体には軽く震えが走る。

それは武者震いか、あるいは未来に対する緊張によるものか——。

というのも、栗田にはどうしても勝利したい理由があるのだった。

——ここで勝てば、和菓子職人としての俺を誰も否定することはできない。

それどころか、和菓子に携わる万人の前で堂々と胸を張れる。

栗田は思い出す。初対面のときに葵の父親——鳳城義和は、和菓子業界の殿上人である我々と栗田は同格ではないと言い、葵との交際を祝福してくれなかった。その後は対等の立場になるために赤坂鳳凰堂で働かないかと話を持ちかけてきたりもした。

つまりは、どうしても今のままでは釣り合いが取れないと言いたいわけだが——。

そんな義和の前でも、引け目を感じる必要が一切なくなるということだ。

むしろ一目置かれ、男として認められてしかるべき。困難に挑んで日本一の座を勝ち取った者には、それだけの資格がある。

そしてなにより栗田自身、心の中で踏ん切りをつけられる。じつはこれが最も重要な核心だ。

自分と葵は隣に並び立ち、支え合える対等の男女なのだと――。

心の底から、本音でそう思えるようになる必要があるのだった。

なぜなら、この大会で確かな手応えを摑めたら、彼女に申し込むつもりだから。

未来のために必要なこと――この先もずっと一緒に生きていくための約束を。

だからこそ、なんとしても、ふたりで結果を出したい。

――俺が俺であるための存在証明だ。負けられねえ。

それが栗田の今の行動原理だった。

ひとまず今日は一ヶ月後の本選を前に、主催者の宇都木がマスコミの前で記者会見を行うという。予選を突破した十六チームの面々にも同席してほしいとのことだ。

それで栗田は珍しくスーツ姿で、待ち合わせの場所へ向かっていたのである。

「大都会の中で、自分が怪物であることの悲しみを全身で表現する怪獣……。そうやって見ると深いな。マジで芸術作品だよな」

日比谷駅の近くの広場に立つゴジラの像を眺めながら、栗田は神妙に呟いた。

約束の時刻まで、あともう少し。周辺に葵の姿はまだ見当たらない。

とはいえ、スマートフォンを未だに持っていない彼女も迷うことはないだろう。待ち合わせに、これ以上わかりやすい目印もあまりない。

栗田は意味もなく両手を軽く広げてゴジラのポーズをしてみた。一秒後にやめた。

——でもまぁ、そろそろ持ってもらってもいいかもな、スマホ。今後は連絡を取り合う機会も色々と増えるだろうし……。

行き交う通行人を見ながら、しばし栗田がぼんやりと考えを巡らせていると、

「栗田さーん！」

ふいにそんな声が聞こえてきて、我に返る。

「すみません、遅くなって」

ぱたぱたと早足でやってきた葵が、栗田の前で立ち止まった。

「遅くはねえだろ、別に。まだ約束の時間の前だし」

栗田は少し赤くなり、つい愛想のない口調になる。

それくらい今日の葵はいつにも増して美人だった。

すっきりした清楚な紺色のワンピースに、上品なパンプス。持ち物は爽やかな白のハンドバッグ。大人っぽく落ち着きがありつつも、フォーマルな場に臨む際に特有の凜とした雰囲気が漂っていて素敵だ。正直きらめいて見える。

「やー、ほんとは栗田さんより先に来て、妄想しながら待ちたかったんです。今日の栗田さんがどんな服装で来るのか——。和装か、洋装か、意表をついてワイルドな作業着か。あれこれ想像して、ごちそうを食べる前みたいな特別感を味わいたかったんですよねー」

「そっか……。さすがに作業着で来る勇気はねえけどな」

栗田が戸惑い気味に答えると、「でも、やっぱりいいですね、スーツ！」と葵は頬を緩めて拳をぐっと握った。

「鍛え抜かれた鋼の肉体を、すらりと知的に覆い隠す憎い衣装……。内心たまりません。王道はいつの時代も王道ってことですね。悔しいですけど」

そんな意味不明なことを大真面目に語っている葵は、赤坂鳳凰堂という大手和菓子メーカーの息女だ。その味覚と嗅覚には常人離れしたものがあり、卓越した和菓子の知識は他の追随を許さない。

　そして栗田にとっては目下、誰よりも大切な恋人だった。

「まぁ、そう熱くなるなって。普通のスーツだから。力説するほどのものはなにもない、ただのスーツだから。それより葵さんの今日の服……いいじゃん」

「そうですか？」

「似合ってる。きれいだし、好みど真ん中だよ」

「……あ、ありがとうございます」

　葵が恥ずかしそうに赤くなり、長い睫毛をさっと伏せた。

　その反応に、栗田も一瞬言葉につまり、顔がじわじわ熱くなる。

　くそっ、と栗田は忸怩たる思いになった。今日の葵があまりにも魅力的で、気持ちのままに素直すぎる言葉を口にしてしまった。葵が取り繕うように唇を開く。

「今日は服装、自由ってことでしたけど、記者会見ですからね！　あんまり場違いな格好もどうかと思いまして。TVでよくやってるみたいに最初は黒の地味なスーツにしようと考えてたんです」

「そうなのか？」

「ええ。会見の途中で反省の気持ちが高まって、泣いてしまうような雰囲気の――」

「謝罪会見じゃないから！」

栗田は膝が抜けそうになった。「俺たちは別に悪いことしたわけじゃねえから」

「ですよねー。母にもそう言われました。ですから、なんやかんやで暗すぎず明るすぎもしない、自分の好きな服にした次第です」

「色々考えた結果だったんだな、さすがだよ。……ま、とりあえず行くか。会場は近くだから焦ることもないけど」

「ゆっくり行きましょう」

「だな」

栗田と葵はうなずいて歩き始めた。

日比谷仲通りを街路樹沿いに歩き、交差点まで出るとすぐに目的地が見えてくる。帝国の名を冠する高級ホテルだ。記者会見はそこの宴会場のひとつを借りて行われるらしい。周りにずらりと停まったタクシーを横目に、ホテルの玄関へ向かう。

――しかしまぁ、いかにも俺には似合わない場所だな……。アウェーってやつだ。

仏頂面でそんなことを考えていると、隣を歩く葵がふわっと笑った。

「どうした、葵さん？」

「あ、すみません。少々想像してしまいまして」

「想像？　なんの？」

「というか空想ですね。夢の世界です」

葵が若干はにかむように目を細めた。

「栗田さんってスーツを着てると、できる男って感じがすごいじゃないですか。仕事用のコードネームとか持ってそうじゃないですか。任務のあとは、こういうホテルのバーの片隅で、ニヒルに笑ってグラスを傾けてそうだなーって」

「……何者？」

少なくとも仕事は和菓子職人ではなさそうだ。葵が恍惚と続ける。

「そんな栗田さんが、ある夜わたしを食事に誘うんです。行き先は夜景が見えるこのホテルのレストラン。緊張気味にテーブルについてるわたしの前で、栗田さんは余裕たっぷりに指をぱちんと鳴らして言います。『イッツ・ショータイム……』。すると向かいのビルの照明が消えていって、窓の光で文字ができるんですよ。いわゆる窓文字ってやつです。すっごいキザなポエムが浮かび上がってきて——」

「うわああ、鳥肌立った！」

栗田の顔から血の気が引いた。「やめろやめろ葵さん。いくら妄想だからって、俺の人間の尊厳をそこまでぶち壊さないでくれ。じんましん出ちゃうだろ！」

「あれ？　お気に召さなかったみたいで、ごめんなさい。ただ、わたしの中の栗田さんは、それくらい素敵だって言いたかったんですよねー」

「素敵……か、今の？」

　栗田はこめかみを押さえて歩き続ける。

　まもなくホテルのエントランスに到着し、ふたりは中に足を踏み入れた。

　豪奢なシャンデリアが頭上に飾られた空間。行き交う客の顔ぶれは上品で多国籍だ。

　聞き覚えのある声がしたのは、開放的な明るいロビーを歩いていたときだった。

「あら！　なんか見たことのある人がおる」

　この関西風のイントネーションは——と思いつつ栗田が顔を向けると、育ちのよさそうな少年が近づいてくるところだった。

「やっぱり栗田のあんさんに鳳城葵さんや。こんなところで会うなんて、奇遇やね」

「奇遇じゃねえよ……。お互い招待されたんだろ」

「そうなん？」

　少年が口元を扇子で隠して笑う。

　この一癖ありそうな彼は藤原薫といい、京都の老舗和菓子メーカー、常磐屋吉房の御子息だ。先日、葵と京都に行ったときに知り合った男子高校生である。

眉目秀麗で、髪はやや長め。右目の下に泣きぼくろがある。今日は濃紺の着物に黒い羽織を合わせ、きりりとした袴をつけていた。

常磐屋吉房では、長男の藤原幸臣が経営の中枢メンバーとして役員を務め、次男の薫が和菓子の作製と研究に打ち込んでいる。そして薫は幼い頃から製菓の英才教育を施され、職人として最高級の技量を持っているらしい。十代にして、既に常磐屋吉房の誰よりも腕が立つのだそうだ。二つ名は〝平安京の和菓子の検非違使〟――。

その異名が事実だと証明するかのように薫は対戦相手を蹴散らし、すべての予選を突破した。そして本戦の出場権を勝ち取り、今日の記者会見に呼ばれてきたのだろう。

「今朝の新幹線で相方と一緒に来たんやけど、時間早すぎたし、今はひとりでホテルの中を見物してたとこ。そしたら、おめかし姿のあんさんたちがいたわけ」

薫が言葉を切り、切れ長の目を猫のように細めた。

「うん――。その格好、嘘で塗り固めた姿って感じで、よう似合ってる」

「なに生意気言ってんだ。大人を舐め腐ったお前みたいなガキのことを世間じゃ不良って言うんだよ!」

栗田の指摘に、「やー、一理ありますけど、どの口が言うんでしょうねー」と葵が笑顔で合いの手を入れる。

「東京弁っておもろいわぁ。なんでも冗談みたいに聞こえる」

薫が扇子をひらりと振って話題を変えた。

「でも今日はびっくりした。東の方にも結構いいお宿、あるんやね。壁とか床とか、ぴかぴかしてる。きっと外人さんも大喜びや」

「どういう褒め方だよ……。ここは全国的にも有名なホテルなんだぞ」

「ははあ。東の京都を名乗るだけあって、東京もなかなか頑張ってはるなぁ」

意外にも薫は真面目に感心している表情だった。彼の京都偏重の素っ頓狂な価値観は相変わらずらしいが、東京を直に体験すると、ある程度は認めざるを得ないというところだろうか。

そんなとき、ふと背後に誰かの気配を感じた。

「なんだい、ずいぶん余裕だね。そんなに馴れ合ってて大丈夫なのかい？」

はっとして振り返ると、六十代くらいの和装の女性が立っていた。

「伊豆奈さん！」

葵が高揚した声をあげ、栗田も無言で目を見張る。

「ひさしぶりだね、おふたりさん」

さらりと栗田たちに挨拶したのは、林伊豆奈――。勝負師の異名を持つ元和菓子職人だった。今日は江戸小紋の灰色の着物を身につけている。

伊豆奈は昭和の時代、数々の菓子展やコンテストで不敗を誇った伝説の人物だ。

昔は大阪の大仙陵古墳――別名、仁徳天皇陵の近くで店をやっていたが、引退して息子たちに店を譲った現在は、なぜか東京の月島でもんじゃ焼き屋を営んでいる。

栗田たちと実際に顔を合わせたのはつい最近で、横浜の中華菓子の店に行く途中で知り合ったのだが――。

「その子は？」

伊豆奈が葵に訊いた。

「本選に出場する藤原薫さんです。今日は京都から、いらしたそうですよ」

「ああ、なるほど」

伊豆奈が得心顔でうなずいた。「常磐屋吉房だね」

「ご存じでしたか」

「その子との面識はないんだけどね。京都で和菓子で藤原で、本選に出てくる実力者といえば、あの店の関係者が濃厚だろう。先代の店主とは多少関わったことがある。松風を作る名人だったよ。懐かしいねぇ」

遠くを見るような顔をする伊豆奈の前で、薫が眼光鋭くわずかに前に出る。

「——おばあちゃん、只者(ただもの)ちゃうなあ」

ふたりはこれが初対面らしい。薫は身にまとう空気をあきらかに変えていた。

「強いん？」

「さあねえ。強いって、そもそもどういう意味なんだろうか。昔はわかっていた気もするが、年々答えがわからなくなる。ゆく河の流れのようなものかもしれないね」

伊豆奈が間合いを外すように片手をすっと広げ、薫は細い眉を持ち上げた。

探りを入れるためにぶつけた精神的なものが逸(そ)らされたことに気づいたのだろう。

お互いに主導権を握らせる気はないようだ。そして林伊豆奈は馴れ合いを避けるが、前哨戦(ぜんしょうせん)もしないタイプらしい。薫は内心、拍子抜けしているかもしれないが。

ともあれ——。くしくもこの場に集まったわけだな、と栗田は思う。

——優勝候補が。

栗田の認識では、参加者で最も実力があるのは葵だ。葵は右手が不自由だから製菓作業は栗田が行う。そこが勝負を左右する点になるのだろうが、葵の味覚は神がかり的だ。彼女の要求に自分が百パーセント応えられれば、優勝も夢ではない。

その葵の母親、鳳城紫(ゆかり)が一度も勝てなかった相手が林伊豆奈——。葵は母親の代わりに打倒したいと考えているようだが、伊豆奈は既に引退して今は六十代。全盛期の勢いはあるまい。もちろん強敵ではあるだろうが、無敵でもないと思う。

その伊豆奈と五十歳近い年の差がある藤原薫は、和菓子の本場、京都における製菓のエリートだ。老舗一の腕を持つ天才少年で、彼の兄の幸臣も優勝確実と請け負っていた。実際、彼が作り出した甘葛を使った独自の椿餅はまさに絶品。本人も自信があるだろう。逆にそれさえなんとかできれば活路が開けそうな気もする。

ちなみに優勝候補で思いつくのは、もうひとり――。

奈良県出身の元和菓子の神童、上宮暁だ。しかし彼はこの大会には勝手に申し込まれただけで、なんの興味もないと言っていた。栗田は本人から直接そう聞いたのだ。

だからおそらくは葵、伊豆奈、薫。

このいずれかのチームが日本一の栄冠をたぐりよせる――。

――ってのは、やっぱ気が早い皮算用だよな。冷静に考えて。

栗田はそう結論して深呼吸した。

全国から猛者が集まるのだから、未知の強豪も多々いるだろう。今から油断していて勝ち抜けるわけがなかった。

「まあまあ、ここで立ち話もなんですし、まずは会場に行きませんか？　時間ぎりぎりで駆け込んでも顰蹙を買いそうですし」

葵が妥当な提案をすると、伊豆奈と薫も「確かに」「そやな」とうなずく。

栗田たちは静かに息を吐くと、揃って記者会見の場へ向かった。

＊

「お忙しい中、大勢の皆様にご参加頂きましたことを心よりお礼申し上げます。本日、この六月十六日という、おめでたい和菓子の日に詳細が公表できますことを、私としても大変喜ばしく思う次第です――」

聞き取りやすい明るい声が朗々と響く。

宇都木雅史による記者会見――本選の説明と出場者発表会は定刻通りに始まった。

会見場は広々としていて壮観。

壇上には、林伊豆奈や藤原薫といった本選に出る十六チームの面々が横にずらりと並んで座り、その中央に宇都木が陣取っている。時折焚かれるカメラのフラッシュを浴びても、宇都木の整った表情はぴくりとも揺るがない。

栗田と葵は宇都木の隣の席で、かなり目立つ位置だった。その向かいでは多くの記者がこちらに注目し、横の方には大型のＴＶカメラも設置されている。もしかしたら葵のカメラ映りのよさを活かす意図で宇都木は席を決めたのかもしれない。

その宇都木は、見栄えのいい高級スーツに身を包んだ四十代の男だ。ソーシャルメディアの利用法に長けた、IT系の実業家である。日本文化に多大な関心があり、和菓子業界の発展を願って今回のイベントを発足したらしい。

——本音じゃ、きっと甥のチームを優勝させたかったんだろうけどな……。

栗田は横目で、ひな壇の一番端をちらりと見る。

そこには、同じ浅草に店を出している奈良県出身の和菓子職人、弓野有がいた。じつは弓野は宇都木の甥なのだった。

叔父の宇都木は弓野の店を盛り上げるため、もしくは相乗効果で爆発的な話題を作ることを織り込んで、計画を進めてきたのかもしれないが——。

今日この日、弓野の隣に、彼がパートナーとして登録した上宮暁の姿はない。

弓野の思惑と裏腹に、今の上宮には和菓子を作る気がないのだ。理由は不明だが、とうの昔に和菓子の道から離れた。上宮のその意志は固いようで、当てが外れた形の弓野は生気のない暗い顔で、背中を丸めて座っている。

——ま、それでもひとりで出場するのは、ある意味、根性据わってるけど。

栗田がそんな考えを巡らせている間も、宇都木の話は淀みなく続いている。

「本選の会場は有明のコロシアム！　土曜、日曜の二日連続で行います」

宇都木が快活に宣言した。

「七月、真夏の2DAYSトーナメント――。土曜日に一回戦と二回戦、その勝者が日曜日の準決勝と決勝戦で争うわけです。この連戦、掛け値なしに熱く盛り上がることでしょう。もちろん和菓子の祝祭ですから、対決以外の見所もふんだんに取り揃えます。コロシアムの周辺エリアを三週間前から借り切って、和菓子の資料を展示。また、全国の和菓子屋に出店して頂き、カフェや茶席も設ける予定です」

（はは―、そういう構想ですか）

栗田の隣で葵がささやくように言った。

（宇都木さんは、このイベントを菓子博みたいな形でまとめるつもりなんですね）

（菓子博……って、ああ！　あれか）

栗田は膝を打ちそうになり、カメラを意識して手を戻す。

菓子博とは、およそ四年に一度行われる全国菓子大博覧会の略称だ。菓子のオリンピックとも呼ばれ、和菓子、洋菓子、スナック菓子など、多くの菓子が集められる。珍しい品の即売や工芸菓子の陳列など、催し物も目白押しで、菓子の愛好家には夢のような博覧会なのだ。

（でも、だったら相当なお金がかかりそうだな。宇都木さん、もと取れんのかな？）

規模こそ違うが、店の経営者である栗田が心配して呟くと、

（やー、たぶん取れないいんじゃないかと）

葵はあっさりとそう答えた。

（和菓子業界を盛り上げるのが目的だそうですから、儲けについては度外視なんじゃないでしょうか？　この大会で、和の文化人としてのイメージを固められれば、今後の活動が有利になるのかもしれませんし）

（そっか。赤字覚悟というより、未来を見越しての一種の投資ってわけだな）

栗田と葵がひそひそ話をする横で、宇都木の話は佳境に入っていた。

「ではここからは本選出場チームの紹介に入ります。ご質問のある方は出場者が挨拶したあと、挙手をしてどうぞ」

すると記者席がざわつき、ステージにカメラマンがさらに近づく。

出場者の紹介は、記者席から見て右から順に行われるらしい。普段は物怖じしない栗田もさすがに少し緊張してきた。隣を見ると葵は既に呼吸が速くなっている。

（心配すんなよ、葵さん。別に取って食われるわけじゃねえから）

（やー、しかしですね、その、なんといいますか――）

葵が目を白黒させて苦し紛れの政治家のように呟く。そういえば葵はもともと結構人見知りする方だった。なんとか気持ちを楽にさせたい。

(大丈夫。俺が隣にいる。いつもと変わんねえよ)

栗田が顔を向けて感情を込めて告げると、葵は美しい目を大きく見開いた。

その後、強張っていた彼女の表情筋が、ふわっと柔らかくほどける。

(……それもそうですね。自然体でいます)

葵が頬をほんのり紅潮させて呟き、直後に宇都木がマイクに顔を近づける。

「名前を呼んだら起立して、ひと言、挨拶をお願いします。——柳才華チーム!」

すると壇上の一番右の男女が、すくっと立ち上がった。

「横浜、中華菓子店『雷火豊』店主、柳才華です。よろしくお願いします」

そう口にしたのは、葵より少し年上に見える背の高い女性。鮮烈な緑色のプリーツワンピースを身につけ、人を食ったような飄々とした笑みを浮かべている。

「同店の従業員、張間です。よろしく」

柳才華の隣に立つ、同い年くらいの冷静そうな青年が言った。初めて見る顔だが、きっと腕の立つ助手なのだろう。

——なにせ、あの柳才華に選ばれるくらいだからな。

栗田は内心、舌打ちする。柳才華は知らない相手ではない。

彼女とは先日、横浜の中華街で知り合った。というより向こうが無理やり事件に巻き込んできたのだ。その場には葵と林伊豆奈もいた。柳才華は勝ち抜き戦の実力者をそこで排除しておく魂胆だったそうだが、実際に会って気が変わったらしい。

――不戦勝より直接負かした方が楽しいと思って。色々と弱点もわかったからさ。

そんなことを小憎たらしく言っていた。

柳才華の製菓の技量については知らないが、こうして本選に勝ち進んできている。奸智に長けた侮れない難敵であることは間違いない。

「すみません、柳さんに質問なんですが」

記者のひとりが挙手した。

「なんでもどうぞ」

カメラを向けられても、柳才華は泰然自若としている。

「柳さんは中華菓子の専門家だとお聞きしました。また、唐菓子研究家としても活動されているとか」

「はいはい、その通りですねぇ」

「本選に勝ち進んだ以上、もちろん和菓子についても熟達されていることと思うのですが――どうしてこの大会に？　中華菓子と和菓子は別物なのに、こうして参加する動機はなんなのでしょうか？」

　記者が質問を終えた。しかし柳才華は言葉を返さなかった。

　なんだろう。奇妙な沈黙が会場に満ちる。柳才華は、なぜかとんでもないことを言われたというふうに目を丸くして、少女のような驚愕の表情を浮かべていた。

「あの、柳さん？」

「……中華菓子の専門家は和菓子を作るな、と？」

　ふいに柳才華が蚊の鳴くような小声を出した。

「え？　別にそんなことは」

「お前みたいな者に、日本の菓子を作る資格はない、とでも？」

「いえいえ、そんなことはまったく。私はただ純粋な好奇心から」

「――傷ついた！」

　柳才華が唐突に張り詰めた声をあげ、記者はぎょっと顔を強張らせた。

「あたし今すごく傷つきました！」

　柳才華は激昂し、瞳孔も開いている。出だしから面倒な事態になった。このままでは国際問題に発展するとでも思ったか、狼狽した記者は真っ青になって頭を下げる。

「す、すみませんっ。こちらの質問の仕方がよくなかったみたいで——」

「なーんてね、冗談ですよぉ」

突然、柳才華がころりと態度を豹変させて、人懐こく相好を崩した。

なんだよ、と言いたげに、緊迫していた会見場の空気が、どっと緩む。

「ごめんなさいねえ。こういうのは、やっぱり摑みが大事ですから。——さておき、あたしが大会に出る理由はシンプルです。単にそれができるから。確かに専門分野は中華菓子ですけど、日本にいる以上は和菓子でも頂点を取りたいわけですよ」

あたしの目的は和菓子と中華菓子の両方で頂点に立つこと、と柳才華は言った。

「我是世界上最强的——。わりと面白いこと、ぶち上げるでしょう？　こういう刺激的な発言って視聴率も取れるんじゃないですか？　あたし有言実行ですよ」

緊張させたり、弛緩させたり、驚きの発言をしたりと会話に技がある。緩急自在で虚々実々の柳才華の話術に、記者は完全に手玉に取られていた。

「な、なるほど。それはすごいですね……」

「いやぁ、これであたしもやっと有名人の仲間入り？　だったらいいんだけどなあ。はいはーい。遠慮せずにもっと撮影してくださいねぇ」

炎上商法上等と言いたげに、にひひと柳才華はカメラに向かって笑いかける。

さながらエンターテイナー。今日のこの機会を最大限に活かそうと彼女は前々から備えていたのだろう、と栗田は呆れまじりに考えた。お騒がせな売り込みだ。ここで注目を浴び、ＳＮＳなども駆使すれば、さらに関心が集まる。柳才華という話題の人に会うため、店に来る客も急増するのではないか？

ある意味ひとつの戦略だ。話題作りという点に着目すれば、じつは大会で優勝しなくても、こんな方法がある。彼女は本選が始まる前から既に勝負を始めていた――。

俺はやらないけどな、と栗田は思う。己の美学に反するし、そもそもマスコミが想定通りの取り上げ方をしてくれるかどうか、わからない。

色々と呑(の)まれたらしく、他に質問する者はいなかった。柳才華とパートナーが着席すると、宇都木が他チームの紹介に移る。

次からは栗田の知らない人たちだった。

金沢(かなざわ)から来たという月村望(つきむらのぞむ)のチーム、沖縄(おきなわ)出身の我那覇巧(がなはたくみ)のチームなど、壇上の出場者が次々と名前を呼ばれては、カメラに向かって挨拶していく。

――金沢に、沖縄……。そうだよな。全国から強豪が勝ち上がったんだもんな。

当たり前のことではあるが、重みのある事実について考えていると、栗田たちの出番になった。宇都木がこちらを一瞥(いちべつ)して口を開く。

「鳳城葵チーム！」

栗田と葵は並んで立ち上がる。この大会が公式発表される前に、主催者の宇都木が葵に直接出場を打診していることもあって、名義はそのまま鳳城葵チームだ。

「赤坂、鳳凰堂の鳳城葵です。至らないところがあるかもしれませんが、どうぞよろしくお願いいたします」

葵が礼儀正しくお辞儀し、栗田は毅然とした態度で続ける。

「浅草、栗丸堂の栗田仁です。全力を尽くします」

ふたりが名乗り終えると、記者席の顔ぶれは、あきらかに目の色を変えていた。

本命登場だな、ああ、噂の和菓子のお嬢様だ——と小声で言い交わしている。

記者のひとりが挙手して口火を切った。

「鳳城葵さんに質問です」

「はい、なんでしょう」葵がやや硬くなって答える。

「そちらのチームは優勝候補だと言われています。実際、鳳城さんは驚異的な味覚をお持ちだと聞きました。鳳凰堂の血脈故の才能か、それとも英才教育の賜物でしょうか。いずれにしろ、我々一般人とはちょっとレベルが違うわけですよね？」

「ややや、そんなに大したものでは……。わたしはただ美味しい和菓子が好きなだけの助言役です。主役として、実際にものを作るのは栗田さんですし」

葵が恐縮気味に答えると、記者は気勢を削がれたような顔をした。もっと威勢のいい言葉を聞けると思っていたらしい。一瞬考えて再び口を開く。

「それでもやはりチームの導き手として、優勝を目指していることと思います。期待を背負って激戦に挑む、本気の程をお聞かせください！」

ああそういうことね、と栗田は意図を察した。

たぶんこの記者は葵を気に入っていて、彼女を主軸に記事をまとめたい。だから紙面を飾る印象的なフレーズが欲しいのだろう。なにか派手な台詞を求めているのだ。

（葵さん、ここはリップサービスしてやったら？）

栗田が耳打ちすると、隣の葵はきょとんとした。

（といいますと？）

（あの人たちも仕事だし、いい記事作りたいんだろ。うちのチームのさ）

（あっ、そのための演出素材が必要ってことですねー。わかりました）

聡明な葵はこちらの意図をすぐに汲み取った。そして彼女は長い黒髪をさらりと後ろに流すと、気品を漂わせてカメラに向き直り、桜色の可憐な唇を開いたのだった。

「――腹を切ります」

会場の空気が凍りついた。

「情けない結果に終わったときは、わたしが切腹して天にお詫びする覚悟です」

カメラに向かって葵は真顔だ。記者たちは茫然自失としている。

やりすぎだよ——と栗田は隣で白目を剝きそうだった。根が真面目な葵が慣れないアピールを、これ以上なく真剣にやってしまったが故の結果だろう。肩に力が入りすぎたのだ。柳才華の派手な自己演出も、これで完全に食われた形だった。

気圧されたのか、他に質問の手は上がらない。圧倒的な静寂の中、栗田と葵が着席すると同時に、宇都木の明瞭な声が響く。

「それでは次のチーム！」

何事もなかったかのように進行役を続ける宇都木——ある意味すごい人だ。まるで動揺しないこの精神力が、ビジネスでの成功に一役買っているのかもしれない。

このように様々な個性的なやりとりを経て、全チームの紹介が終わった。するべきことをあらかた済ませ、記者会見も今や終盤だ。宇都木がペットボトルの水を少し飲み、一息入れて再びマイクへ顔を近づける。

「では最後に本日の目玉。トーナメントの対戦について説明します」

ようやく来たな、と栗田は背筋を伸ばす。今日はこれを聞きに来たようなものだ。

総当たり戦と違って、トーナメントは負けた時点で即終了。つまりは組み合わせが大きくものを言う。果たしてどんな対戦が組まれるのか――。

宇都木が壇上のスクリーンに、こんな表を映し出した。

【土曜日　午前の部】
第一試合　Aチーム対Bチーム
第二試合　Cチーム対Dチーム
第三試合　Eチーム対Fチーム
第四試合　Gチーム対Hチーム
第五試合　Iチーム対Jチーム
第六試合　Kチーム対Lチーム
第七試合　Mチーム対Nチーム
第八試合　Oチーム対Pチーム

「ん、なるほどな」栗田は呟く。

自分たち十六チームは、それぞれAからPのどこかに当てはめられるわけだ。

土曜日の午前の部ということは、午後もあるのだろう。

案の定、宇都木の説明によると、午後は第一試合に勝ったチームと第二試合に勝ったチームが闘い、第三試合に勝ったチームと第四試合に勝ったチームも対戦する。下段のブロックでは、第五試合と第六試合に勝ったチーム同士が。そして第七試合と第八試合に勝ったチーム同士が対戦する。これが初日のスケジュールだそうだ。

翌日の日曜日は、土曜日に勝ち上がった四つのチームによる準決勝の二試合と、決勝戦の一試合だけ。たった三試合しか行われないわけだが、どうなのだろう。試合数が少なくても、客は日曜日の方を観たがる気がする。対戦内容にもよるのだろうが。

「それではチームを発表します。これは公平を期して、コンピュータのプログラムで無作為に決めたものですからご安心ください」

そして宇都木はAからPのチームを次々とスクリーンに表示していった。

「ええっ？」「マジか！」

最初の時点で大きなどよめきが耳朶を打つ。

それはそうだろう。今日ここに集まった中でもトップクラスの個性と話題性を持つ二チームが、いきなり衝突する運びになったのだから。

第一試合の組み合わせは、藤原薫のチームと柳才華のチームだった。

＊

会見が終わって一時間後の会場は、がらんとしていた。

ＴＶカメラなどのマスコミの機材は既に引き上げられていたが、主催者側で用意した椅子やテーブルはそのまま。撤収作業は宇都木の指示を待って行われるらしい。今ここにいるのは、栗田と葵と宇都木の三人だけだ。

——こんな回りくどい真似して、一体なんの用だ？

栗田は静かに息を吐いた。会見終了後に帰ろうとしたところ、大事な話があるから一時間後にまたここに来てほしいと宇都木に頼まれたのである。そう言われたら断るわけにもいかず、栗田と葵はランチを食べて時間を潰した。

食事中の話題はもちろんトーナメントのこと——栗田と葵はＣチームになり、広島県から来た山本菓子店のＤチームと闘うことになったのである。

まったく知らない相手だ。どんな和菓子を出してくるのか、今は見当もつかない。

ちなみに林伊豆奈はＥチーム、弓野有はＰチームだった。

順調に勝ち抜けば両チームとは二日目の日曜日にぶつかるが、それを心配するのは早計だろう。なぜなら栗田たちの二回戦の相手は、柳才華のＢチーム——におそらく勝利するであろう藤原薫のＡチームだからだ。正真正銘の難敵である。

とはいえ、優勝候補の薫とはどこかで当たると想定していた。消耗の少ない早い時期の方が好都合かもしれない。初戦を勝って波に乗り、勢いで突破したいところだ。

と、そんな話をしているうちに約束の時間になり、栗田と葵は再びこうして宇都木の待つ、がらんとした会見場へ足を運んだのだった。

「おふたりとも二度手間になってしまって申し訳ない。ただ、極めてデリケートな話なので、出場者の方々には個別に伝えているんです。表沙汰になると困りますから、ここだけの話で」

厄介な案件だと前置きした宇都木の手には、意味深な封筒があった。

「それは？」栗田は尋ねる。

「一週間前、こちらの運営に届いた手紙です。まずは読んでもらえますか」

宇都木が封筒から折り畳まれた紙を取り出し、こちらに渡す。

受け取ると普通の白いプリント用紙だった。困惑気味にそれを開くと、ぎょっとするような文章が印刷されている。

『勝ち抜き戦を中止せよ。さもなければ出場者が死ぬ。　日本文化を憎む者』

「……脅迫状？」

栗田は眉間に深い縦皺(たてじわ)を刻んだ。「出場者が死ぬってのは穏やかじゃないですね」

「こちらも目下、頭を悩ませています」

宇都木が険しい顔でうなずき、栗田は紙面を睨みつける。

「この『日本文化を憎む者』というのは？」

「まったく心当たりがありません。ヒアリングしても、誰もなにも知らないとのことでした。少なくとも私の周辺では」

宇都木が一度、言葉を切った。

「今回の大会は、私の設立した日本文化復興協会が中心となって運営しているのですが、その事務局宛てに届いたんです。もちろん警察には相談しました。ただ、これだけでは捜査のしようがないらしい。手紙の文章は、よくある平凡なプリンターで印刷されたもの。差出人の指紋などは検出されなかったそうです。封筒からも有力な手がかりは見つかりませんでした」

「そうですか……」

しかし、それはまあ当然だろうと栗田は考えた。

人が死ぬとまで書いているのだから、当然、警察にも連絡がいく。差出人は痕跡を残さないように細心の注意を払ったはずだ。たとえ単なる悪ふざけでも。

「厄介な手紙ですが、今さら大会は中止できません。多くの人と金が動いています。

警備員を増やして予定通り行うつもりです」

宇都木の言葉に、今度は葵が沈痛そうに唇を開く。

「今のところはそうなってしまいますよね……。ただ、以前お父様から聞いたことがあるんですけど、こういう大きなイベントには水を差す嫌がらせがつきものだとか。どうなんでしょう？」

「まあ事実ですよ。大抵は無害なもので、殺害を仄めかす手紙は初めてですがね」

宇都木が苦い吐息をついた。「率直に、どうお考えですか？」。

問われた葵が、戸惑い気味に頬に左手を当てる。

「正直、これだけではよくわかりません……。ただの悪戯の手紙なのか、悪意のある嫌がらせなのか、もしかすると——本気なのか。栗田さんはどう思いますか？」

「本気なら、こんな文面にはしない気がするけどな」栗田は頭を掻いた。

「と言いますと？」

「大会をマジでやめさせたいなら、これこれこういう理由で中止を求める、みたいに理屈をもっと長々と書かねえと。だってこの文面じゃ説得できねえよ。実際やめるとなったら、いろんなところに話つけに行かなきゃならないし。後ろめたい脅しだからこそ、余計に自己正当化の大義名分が必要になると思う」

「確かに社会人経験があったらそう考えそうですね」

よし、じゃあ犯人は学生っ――と短絡的なことを言える雰囲気でもなかった。

そもそもこの大会を中止させたい理由がわからねえ、と栗田は思う。

差出人の名前の一部――『日本文化を憎む』が理由なら筋が通っていないだろう。日本文化はあちこちに存在する。もっと小規模なことから始めるべきじゃないか？

栗田としては愉快犯による悪戯に思える。

「最近おふたりの周りで変わったことは起きていませんか？」

ふいに宇都木が尋ねた。栗田はしばらく頭を巡らせるも、覚えがない。

「思い当たらないですね……」

「わたしもありません。お役に立てなくて申し訳ないですけど」葵が言った。

「わかりました」

答えを予期していたというふうに宇都木がうなずいて続ける。

「今のところ他の参加者も同様です。ただ――もしもなにか起きた際は、すぐに連絡をください。警察が本格的に乗り出すまで、こちらで独自の調査を行っていきます」

くれぐれもご用心を、と言って宇都木は話を締めくくった。

＊

「で、栗田――肝心な話をまだ聞いてないぞ。俺のことはどんなふうに紹介してくれたんだ？　記者団の前で自分の話そっちのけで、俺という三十代も半ばに至って脂が乗り切った男の匂い立つような魅力を力説してきてくれたんだろう？」

喫茶店のマスターが、カウンターの向こうから栗田に目配せして言った。

「悪夢みたいな記者会見だな……。絶対その場にいたくねえ！　大体なんで俺がそんなこと言わなきゃいけないわけ？　マスターは俺のなんなんだよ？」

長い付き合いだが、まさか後見人代わりなんて言わないよな、と栗田が冷めた顔で考えていると、マスターは微笑んで口を開く。

「お前のお兄ちゃん」

「……気持ち悪っ！　ふざけんな、寝言は寝てほざいてろ！」

浅草のオレンジ通りにある、行きつけの喫茶店のカウンターだった。

今、栗田の右隣の席には葵がいて、左隣には悪友が座っている。

宇都木の物騒な話が終わったあと、栗田と葵は浅草に戻り、今後のことを相談しようと栗丸堂へ向かった。ところがオレンジ通りを歩いていた際、唐突に気怠げな声をかけられたのである。

「あれぇ？　なんかフクロテナガザルと人間の美人さんが一緒に歩いてる」

顔を向けると、悪友の浅羽怜が切れ長の目をにんまり細めていた。

浅羽は髪をアッシュグレーに染め、いつも洒落た服を着ている美形の青年だ。腐れ縁の幼馴染で、とくに意味もなく栗田を揶揄する毒舌を吐かせたら右に出る者はいない。今は自宅からキャンパスに通う大学生である。

浅羽は闘牛士がマントで牛を挑発するように右手をひらひらさせた。

「類人猿のくせに人間様のスーツ着て、めかしこんで――。キモッ。自分のこと人間だと思い込んでるよ」

「うるせ、タコ。最近ますます口が悪くなったな」

そんな栗田の精一杯の罵倒を華麗にスルーして、浅羽は葵に向き直る。

「わオ。その服いいじゃん葵さん。よそ行きだねぇ」

「やー、ありがとうございます。今日は記者会見があったものですからー」

「ん？　ああ――前に言ってたあれ。その帰りか」

浅羽が得心がいったというような顔をして続ける。

「じゃあ、ちょうどよかった。苦ーいコーヒーでも飲みながら、話聞かせてよ。俺も今から暇潰しに向かうところでさ、マスターの店」

「苦いコーヒーいいですねー。それと甘いもの！」

葵が嬉しそうに両手をほわりと合わせる。

栗田としては正直、浅羽は放置して行きたかったのだが、葵が意外と楽しそうに見えるので、だったらまあいいかと妥協して、皆で喫茶店へ向かったのだった。

そして今、店のカウンターの向こうで、マスターが再び口を開く。

「しかし、噂の大会の本選もいよいよ一ヶ月後か……。どうなるんだろうな。結果を出せるのか、それとも負けて自信喪失してインドに旅に出ることになるのか」

「いや、旅には出ねえから。インドにも行かねえから」

栗田が一蹴すると、マスターは「ま、自分の店を放っては行けないな」と言った。

「とはいえ、今までよくやったもんだ。店の仕事もしてるお前にとっては、あっという間だったんじゃないか？」

「それはまあ……そうかもしんない」

栗田はうなずいたものの、正直それほどあっさりしたものではなかった。

出場を決めた経緯からして大ごとだ。予選にも毎回全力で挑んだ。それに製菓技術を葵に日々厳しく鍛えてもらっているし——。葵が週に何度かお題を出し、栗田がその和菓子を作る。そして改善点を教えてもらうという特訓だ。これは極めて効果が高く、めきめき力が増している実感がある。たぶん大会の直前まで続けるだろう。

いろんなことがあった——。

が、それでもやっぱり、あっという間だったような感覚もないわけではなく、今から既にどこか名残惜しい。祭りは始まらなければ終わることもないのだから。

「それはそうとふたりとも、例の必殺の和菓子はもうできたのか？」

ふいにマスターが訊いた。

「必殺って……」

栗田は鼻から息を吐く。「必ず殺すって書くんだぞ？　毒入りかよ」

「はは。でもまあ言いたいことはわかるだろ。お前たちの切り札の話さ」

マスターが快活に笑いかけると、

「萬歳楽（まんざいらく）のことですねー」と葵がバタークリームケーキを食べながら答えた。

「そそ。ずいぶん苦戦していたようだが、どうなったんだ？」

「じつはまだ試行錯誤してるんです。かなりいい段階まで来てるんですけど……」

葵が細い吐息をつく。

萬歳楽とは、かつて葵の母親の紫が、林伊豆奈を打倒するために開発していた創作和菓子だ。菓銘は雅楽の曲名にちなみ、祝福の鳳凰が舞うような美味しさ——と、それくらいの意味らしい。本選の強敵に備え、栗田たちは未完成のまま埋もれてしまった萬歳楽を完成させようと試みていたのである。

その実態は塩羊羹を改良したものだ。

鳳凰堂の甘い羊羹に、良質の塩と少量の梅酢による酸味、さらに緑茶の苦味をわずかに加える。小豆や緑茶はうま味成分を含むから、これで人間の五つの味覚——甘味、酸味、塩味、苦味、うま味に働きかけるものが揃い、すべてを調和させて最高の美味しさを形成するというロジックだった。

しかし——現状、思ったほどうまく調和していない。

せっかく加えた酸味と苦味が美味しさの妨げになっている。これなら普通の塩羊羹でもいいんじゃないか？　かといって単純に塩の量を増やすと、不出来な塩羊羹にしかならない。端的に、作るのが難しかった。

だから紫も最終的に完成させることができなかったのだろう。

「いろんな材料を試して、それなりのものにはなった……。でも、完璧かって言われたらちょっと違うんだよな」

栗田は苦い気分で黒髪を掻いて続ける。

「とくに塩。塩羊羹だから、やっぱ塩味が重要だろ？　甘味を引き立てて、なおかつ酸味と苦味もわずかに感じさせる、包容力のある塩があればいいんだけど――」

まろやかな塩味とでも言えばいいのだろうか。他の素材の味と合わせやすいミネラル成分が適量、含まれた塩が望ましい。そしてその理想の塩がいくら探しても見つからないのだった。葵によると、完全な調和を百パーセントとした場合、現在の出来は六十パーセント程度らしい。それでも目の覚めるような美味しさではあるのだが。

「だったらさぁ」

浅羽がコーヒーを一口飲んでカップを置いた。「作ったら？」

「あ？　どういうこと」栗田は眉を寄せる。

「探しても見つからないなら、いっそ自前で用意したらどうだって言ってんの。そもそも塩って人間が作ってるもんでしょ。ＮａＣｌの塩化ナトリウムじゃん」

「お前さ、そんな化学の実験みたいに――」

とはいえ、栗田は虚をつかれた思いだった。

確かに今までは有名な塩を取り寄せて試すことが多かった。だが考えてみれば塩だって人が生産しているものだ。そこに一歩深く踏み込む必要があるのかもしれない。

「んー、確かに面白い発想です」

葵が生真面目にうなずいた。「ただ、塩を作るのは難しいんですよね……。もちろん手作りは可能ですけど、やっぱりその道のプロには負けます。大会まであとわずかというこの時期に、塩作りに一から手をつけるのは厳しいような」

「へーえ、そういうもんなんだぁ」

浅羽が他人事(ひとごと)のように言った。彼にとっては実際に他人事だが。

「だったら普通の作り方をやめちゃうとか？　既存のやり方じゃ、既存のものしか作れないでしょ。画期的なやり方を編み出しなよ」

「例えばどんなのだよ？」栗田は興味を引かれた。

「例えば――。そうだなぁ、栗田を全裸でサウナに放り込むとか。汗かいたらタオルで拭いて、それを絞ってビーカーに貯(た)めるんだよ。で、ガスバーナーで加熱して」

「俺で塩を作るな！」

画期的にもほどがある話をしていたとき、栗田のスマートフォンに着信があった。

画面に表示されている名前は中之条だ。ひとつ吐息をついて栗田は電話に出る。

「もしもし？」

「どうも栗さん、今って大丈夫ですか？」

「ああ、記者会見は無事に終わったよ。悪いな。ちょっとマスターの店でコーヒー飲んでたとこ。すぐ店に戻るけど、なんかトラブルでもあったのか？」

「いえ、トラブルはまったく。ただ、栗さんにお客さんが来てまして。なにやら訳ありのお客さんみたいなんです。今も店で待ってますよ」

「訳あり……？」

何事だろうか。栗田と葵は会計を済ませると、足早に店を出て栗丸堂へ向かった。

＊

「店主の栗田仁です。今日はどんなご用件でしょう？」

店に戻った栗田が白衣と和帽子に着替えて応対すると、「いやいや、こちらこそ。なんだか急(せ)かしちゃったみたいで、ごめんなさいねえ」とその客は頭を下げた。

午後の栗丸堂の店内に、ちょうど他の客はいない。葵は近くのテーブルにつき、従業員の中之条と志保は少し離れて様子を見ている。

件(くだん)の客は七十代くらいの小柄でお洒落な男だった。どこか愛嬌(あいきょう)のある顔に、ふちの細い丸眼鏡をかけ、垢抜(あかぬ)けたチェックのジャケットを身につけている。

「セニョール矢沢！」

　男が唐突に言って栗田をきょとんとさせた。

「……はい？」

「って知ってますか？　やっぱ知りませんかね？　知らないだろうなあ。じつは昔ね、浅草にそんな芸人がいたんです。五十年ほど前の話なんだけども」

「五十年前はまだ生まれてませんけど……そうなんですか？」

「ええ、六区通りになにやら立派な演芸場があるでしょう？　あそこで幕間芸人をしていたらしい。歌って踊れるひょうきん者ってことで、当時はひそかな人気者だったそうですよ。――ま、私のことなんですがね！」

　そう来たか、と栗田は少し脱力した。「あなたが？」

「セニョール矢沢です」

　彼がにっこりと破顔した。

「芸人を辞めてからは、ずっと北海道で暮らしてたんですが――懐かしいねえ。じつは五十年ぶりに浅草に来たんです。近ごろ足腰が弱ってきたから、今のうちにね。行っとこうと思って」

「ご旅行だったんですね」

「うん。若き日の足跡をたどる、センチメンタルな旅ってところ。町もすっかり変わったねえ。なんとも立派になりましたよ」

どこか寂しそうに「立派になった……」と再び呟く矢沢を前に、栗田は考える。

今でこそ国内外から多くの観光客が訪れる浅草だが、昔はもっと混沌(こんとん)とした乱雑な町だったと聞いたことがある。五十年も前ならなおさらだ。栗田と矢沢が抱く、浅草への印象はきっと別物のように違うのだろう。失われたものも多いのだろう。

だが、それでもかつて矢沢が活躍した舞台が、今でも町に残っている——。

その事実は彼の胸を熱くしたはずだ。浅草の人間として栗田も誇らしく思う。

「でね、ここからが本題なんですが」

矢沢がおもむろに切り出した。「五十年前、このお店——栗丸堂にも来たことがあるんだよ。で、そのとき店主の誠(まこと)さんにちょっとお世話になったんです」

「誠って——」栗田は息を呑んだ。

「栗田誠さん。年齢からして、たぶん君のお祖父(じい)さんでしょう？　もうお店の仕事はしてないみたいだけど、会わせてくれませんか」

そうか、と栗田は静かに驚く。この人は祖父ちゃんを訪ねて来たのか——。

祖父の栗田誠は残念ながら既に他界している。死因は癌(がん)だった。栗田の両親が交通事故で亡くなるより、ずっと前の話だ。

祖父ちゃん、好きだったなぁ——と栗田は束の間、甘いような懐かしさに浸る。

父は寡黙で厳しい部分もあったが、祖父はひたすら優しい人だった。小学生の頃、腕白小僧だった栗田がやんちゃをしても、いつも味方してくれたものだ。父が叱って祖父がなだめる。今思えばそういう分担だったのかもしれない。

夏にスイカを食べるときは大きい部分をくれたし、夕食が唐揚げの日はよく自分の分から一個くれたものだ。思い出せばきりがなく、大事にしてもらった記憶しかない。

近所の皆にも祖父は親しまれていた。決して身内のひいき目ではない。からっとした気持ちのいい性格で、義理人情に厚い江戸っ子——。なぜか今の日本からはほとんどいなくなってしまったが、そんな人が愛されないはずないじゃないか。

——きっとこの矢沢さんも、祖父ちゃんを慕ったひとりだったんだろうな。

祖父が既に亡くなっていることを栗田が伝えると、

「そんな！」

驚いた矢沢は両目を見開いて絶句した。

「そうだったんですか……」

長い沈黙の果てに、五十年経ったんだもんなあ、と彼が呟く。その眉は八の字に下がり、肩もがっくりと落ちて、全身がやるせない悲しみに包まれていた。

「ごめんなさいねえ、今さらこんなこと聞いちゃって」

「いえ」

栗田はかぶりを振る。むしろ思い出させてくれて嬉しいほどだ。

この人は五十年も経ったのに祖父のことを覚えていて、遠くから浅草まで訪ねてきてくれた。考えようによっては、こちらがお礼を言うべき立場だ。

「……儲かってる？」

ふいに矢沢が尋ねた。

「え？」

「あ、変なこと訊いちゃったね。ちょっと昔を思い出したんです。——五十年前、今の君くらいの年だった頃、私は色々大変だったから。誠さんもねえ、売上を増やそうと頑張ってましたよ。向上心のある方だったからね」

「そういうことでしたか」

栗田はうなずいた。「うちの店はまあ、それなりに。でも黒字ですよ。祖父も頑張ってたそうですし、俺の代で潰すわけにはいかないんで」

「おお、よかったよかった！」

矢沢が満足そうに両手をこすり合わせた。

「ところで——祖父となにがあったんですか？」

若干ためらいもあったが、栗田は尋ねることにした。

「もちろん俺じゃ祖父の代わりにならないでしょうけど、よかったら話を——。差し障りのない範囲でいいので、聞かせてもらえませんか？」

先程、彼は祖父に世話になったと言っていた。自分の知らない祖父の若い頃がどんなものだったのか知りたい。今を逃したら二度と聞く機会はないだろうから。

「うん、そりゃそうだ。せっかくだもんね」そこで矢沢が周りをちらりと見回す。

いつのまにか話に引き込まれて、葵と中之条と志保も近くに集まってきていた。

「おいおい……」

栗田が苦い顔で言いかけると、矢沢は笑って胸の前で手を振る。

「ああ、いいよいいよ。みんな興味あるんでしょ？　私も元芸人。注目を浴びるのは好きなんです。ほらほら、もっとこっちに来て、昔話を聞いてください」

そして矢沢が語り始めたのは、まるで古い映画のような話だった。

*

一九七〇年代——。

町のあちこちに派手なのぼり旗が立っているが、通りを歩く人はまばら。かつては東京一の歓楽街だったのに、至るところで閑古鳥が鳴いている。ＴＶの普及によって劇場はすっかり勢いをなくし、文化の中心の栄光は見る影もない。

当時の浅草はそんな状態だった。観光地として人気を博している今では信じられないことだが。

そして、その寂れた浅草の六区にある劇場で、セニョール矢沢は芸人として働いていた。昔から芸能の世界に憧れがあり、知人の口利きで師匠に弟子入りしたのだ。

本格的な出し物の幕間に芸をする脇役だったが、人を笑わせるのは好きだった。歌ったり踊ったり、楽器を弾いたりコントを披露したりと、日々全力で奮闘していた。

給料は安かった。衰退期の浅草で、客がまともに来ない日が頻繁にあるのだから、仕方ない。おかげでいつも金欠だ。目玉の演者が土壇場でキャンセルせず、無事に劇場を開けられるだけでも運がいい——と、そんな体たらくである。

とにかく矢沢の生活はかつかつで、好物の和菓子もろくに食べられず、甘いものを満喫するのは、師匠の余り物を分けてもらうときくらいだったが――。

いつかは、と野心を燃やしていた。

――いつかは浅草にも人が戻ってくる……。そのときは売れっ子になるぞ。じゃんじゃん儲けて、甘い和菓子を毎日腹いっぱい食べてやる。

しかし残念ながら、その夢が叶うことはなかったのだった。

七十年代も半ばに至った、ある夏の日のこと。故郷の母から手紙が届いた。直筆の長い手紙には、父が脳梗塞で倒れて、命こそ無事だったものの、体が不自由になったという旨が書かれていた。もう以前のような仕事はできない。できれば芸人を辞めて帰郷し、実家の酒屋を継いでくれないか、とも。

一週間、悩みに悩んだ。だが折しも矢沢自身、芸人としての先が見えてきた時期でもあった。自分には渥美清や萩本欽一のような大スターになれる資質はない。この先どれだけ努力しても、死ぬほど芸を磨いても、彼らのようにはなれないだろう。

だったら――。

これも天の計らいだと考え、矢沢は田舎への帰還を決める。そして最後に、芸人として大成したら存分に食べようと願をかけて訪れぬままだった老舗へ赴くことにした。

それが栗丸堂だった。

——俺の東京生活……浅草の思い出を、この店の甘いもので締めくくろう。

泣きたくなるような八月の青空の下、帰郷のための荷物をぎっしり詰めた旅行鞄を携え、矢沢は栗丸堂に足を踏み入れる。

栗田誠とは、そのとき初めて出会ったのだった。矢沢より年上で、体も大きい。ちょうど客の少ない時間帯だったらしく、腕組みして売り場の見栄えを点検していた。

ごめんください、と言う前に、矢沢の高ぶった感情が違う言葉を吐き出させる。

「——この店の美味しいもの、全部ください！」

矢沢が声を発した瞬間、振り返った栗田誠と目が合った。

彼はきょとんとした顔つきだったが、やがてふっと吐息を洩らす。

「なんだいなんだい。半べそかいて店に入ってくるなんざ、穏やかじゃねえな」

「あ……」

矢沢ははっとして手の甲で顔をこすった。

「お前さん、なにかあったのかい？」

「いえ、私は——」

逡巡する矢沢に向かい、栗田誠はくしゃっと屈託なく笑いかける。

「俺は栗田誠という、この店の和菓子職人だ。怪しいもんじゃねえから、よかったら話してみなよ。旅は道連れ、世は情けってね。少しは楽になるかもしれねえよ？」

矢沢は瞬間的に、なにか大きなものに守られているような安心感を覚えた。なんだろう。これが人柄というものか。栗田誠はその大らかな包容力のある態度で、あっという間に矢沢の胸襟を開かせたのだ。

否、違う。それだけではない。――本当は矢沢自身が東京を離れる前に、胸の思いを誰かに打ち明けたくてたまらなかったのだろう。

矢沢が今までの出来事を洗いざらい話し終えると、栗田誠は深々とうなずいた。

「そうかい。そういうことだったのかい……」

そして意外な言葉を続ける。

「よし、だったら俺も男だ。今日は全品半額にしてやるよ。たらふく食ってけ！」

その言葉にはさすがに矢沢も驚いた。

「い、いいんですかっ？」

「あたぼうよ。同じ浅草の人間の希望溢れる門出だ。新しい出発ってのは、ぱあっと景気よく祝うもんなんだよ。と言っても、うちには和菓子しかありませんが」

あはは、と栗田誠が磊落に笑い、矢沢の胸は火で炙られたように熱くなる。

芸人を諦めて帰郷することを都落ちではなく、希望の門出と表現してくれた――。それが自分でも不思議なくらい嬉しかった。なんて気持ちの広い、でかい男なんだろうと思った。

それから栗田誠は、栗丸堂の様々な和菓子を矢沢に食べさせてくれたのだった。豆大福、豆餅、どら焼き、最中、饅頭(まんじゆう)――他にも色々。

どれも素晴らしい出来だった。お世辞ではなく本当に、ほっぺたが落ちるくらい美味しかった。ずっと我慢してきたこともあって、食べても食べても止まらない。そんな矢沢を栗田誠は頬を緩めて満足そうに眺めていた。

こうして矢沢はその日、心ゆくまで好物を満喫した。中でもとくに気に入ったのは看板商品の豆大福でも高級な上生菓子でもない――シベリアだった。

シベリアとは、小豆の餡や羊羹をカステラ生地に挟んで切ったものだ。

一見パンだが、味は和菓子に近い。かといって繊細な高級品というわけでもなく、いわゆる菓子パンなのかもしれない。実際、和菓子屋よりもパン屋で見かけることが多い気がする――。が、このシベリアは今まで食べたことがない美味しさで、矢沢の心を鷲摑(わしづか)みにしたのである。

「これはまあ、試作品ってことになるが、せっかくの機会だからよ。どうだい？」

「旨いです！」

矢沢は言下に答えた。「とても旨いです。とても……」

「そうかい」

わかったよ、と言いたげに栗田誠はゆっくりと首を縦に振った。

「だったら、もっと食いな。このシベリアはサービス品だから、お代はいらねえよ」

「はい、まだまだ食べます！」

いい返事だ、とうなずく栗田誠にとびきりの笑顔を返し、矢沢は美味しいシベリアを食べた。人の優しさと真心が胃袋に染み入った。

――最後の最後に、まさかこんなことがあるなんて。

運命もたまには粋な真似をする。俺の東京生活は捨てたものじゃなかった――。

こうして矢沢は、幸福な甘い思い出を胸いっぱいに詰めて故郷へ帰ったのだった。

*

そして、それから約五十年後――。

「ま、あんな話を聞かされたら作るしかねえだろ」

栗丸堂の奥の作業場で、白衣姿の栗田仁はオーブンの窓から、カステラ生地が焼き上がる様子を見守っていた。

上白糖とともに泡立てた卵に、はちみつと牛乳とみりんとサラダ油を混ぜたものを加え、強力粉をふるい入れながら攪拌した生地である。

まもなく栗田はオーブンからカステラ生地を取り出すと、爪楊枝を刺して焼け具合を確かめた。指に伝わる心地いい弾力。――上出来だ。

「そっちはどうだ？　羊羹の方」

栗田は中之条に顔を向けた。

「鍋の中で、寒天と一緒にとろとろです。あとは生地に載せるだけですよ」

「ん。じゃあ仕上げにかかるか」

栗田たちが作っているのはシベリアだった。

先程、矢沢が聞かせてくれた五十年前の話は、非常に心打たれるものだった。やっぱり祖父ちゃんはすげえな、と孫の栗田まで胸が熱くなったほどだ。

そして矢沢の用事というのは、祖父とあのときの思い出話をしてお礼を言い、もう一度シベリアを食べることだったという。わかる話だった。

だが残念なことに現在の栗丸堂ではシベリアを取り扱っていない。栗田の父の代からそうだった。おそらく祖父は試行錯誤したのだろう。当時、店の新商品として成立するかどうか模索し、最終的に販売をやめたのだと思う。シベリアを売っている和菓子屋は今日では少ないから、それなりに妥当な判断かもしれない。

とはいえ、今は販売中止です、で話を打ち切るのは、遠くから来てくれた矢沢にあまりにも気の毒だ。実際、話し終えたあとの彼はひどく寂しそうな顔だった。

だったら作ればいい。

シベリアは和洋折衷菓子と呼ばれたりもするが、間に挟む羊羹はもちろん、じつは生地のカステラも和菓子だ。自分ならお手製のシベリアをご馳走(ちそう)できる。もしも祖父が今も生きていたら、きっと同じ行為を選択するだろう。

「――お待たせしました」

やがて作りたてのシベリアと濃い緑茶をふたり分、栗田がお盆に載せてイートインスペースに運んでいくと、

「わあ、美味しそうなイベリア!」

葵がぱっと嬉しそうに両手を合わせてそう言った。

彼女は矢沢と同じテーブルについている。思い出話を聞いたあと、なんだか自分も食べたくなったと言うので、ふたり分のシベリアを作ったのだった。

「……それ確か、どっかの半島じゃなかった？」栗田は少し汗をかいて言った。

「ですねー。イベリア半島はスペインやポルトガルなどがあるところです。いやはや、お恥ずかしい。芸人さんの手前、優雅にソフィスティケートされた駄洒落で笑いを取ろうとしたのに、すべってしまいました……」

　葵が照れ臭そうに赤くなり、「いや、それ逆に面白いよ」と矢沢が笑う。

　お茶を濁すかのように葵が小さく咳払いした。

「罪滅ぼしに軽く蘊蓄でも……。えーとですね、シベリアはイベリア半島で発明されたわけでも、シベリアから伝わったわけでもなく、日本のお菓子なんですよ。ハイカラでモダンな文明開化の逸品です」

「あれ、そうだったのかい？」

　矢沢が目を丸くする。「なんとなく、大正時代のシベリア出兵と関係があるもんだと思ってた。似たようなものが向こうにあったのかと」

「やー、シベリアは明治時代からあったお菓子なので、出兵とは関係ないんじゃないでしょうか。まあまあ、羊羹がシベリアの凍土に似てるからとか、シベリア鉄道の線路に見立てたとか、由来は諸説あって正解はわからないんですけどねー」

「ふうん、そうなんだ」

「語源はともかく、中身のコンセプトは明快で『和洋折衷』です。もともと和菓子という呼び名は明治時代、外国から洋菓子が入ってきたことで生まれました。洋菓子がないなら、わざわざ和菓子と呼ぶ必要ないですからね。そしてその時期に和と洋の食材を組み合わせる試みも盛んに行われたんです。有名どころだと、あんパンとか」

「あんパン——。ああ確かに！」

矢沢が両手を打ち合わせた。「パンと餡だもんね。ありゃ確かに和洋折衷だ」

「シベリアも、その過程で出てきたものだとわたしは考えてるんです。発明の基本は物同士の新しい組み合わせですから。和洋折衷はまさにその王道。チョコレート饅頭や大福のアイス、餡バターとかチーズ餡なんかも素敵ですよねー」

そういうの、大体美味しい、と葵は味覚の才人らしからぬ大雑把な発言をした。

「なるほどなあ……。お嬢さん博学だね。私はなんだかお腹が空いてきちゃったよ。シベリア食べてもいい？」

「はいはい、もちろんですとも——って、わたしが言うことじゃないですね」

葵が軽やかな微笑みを栗田に向けた。

「ん、召し上がれ」

栗田が照れ隠しの少しぶっきらぼうな口調で言うと、葵と矢沢は「いただきます」

と声を揃えた。ふたりの前の皿には、羊羹を黄金色のカステラで挟んだ直方体のシベリアが三切れずつ載っている。

「ああ、夢にまで見た栗丸堂のシベリア――」

シベリアを一切れ、ひょいと指でつまんだ矢沢の顔には、とろけそうな喜色が浮かんでいた。今までずっと、五十年近くこの瞬間を思い描いていたのだろう。長年の望みを叶えることができて、柄にもなく栗田も心がぽかぽかする。

矢沢が大きく口を開き、シベリアの先にかぶりついた。子供のように目を細め、ゆっくりと噛み締める。

すると一瞬、頬の動きが止まった。にわかに表情が変化していく。何度も咀嚼し終えて飲み込んだとき、彼の顔には食前とはひどく異なる色が浮かんでいた。

「矢沢さん、どうしました?」栗田は尋ねた。

「違う……」

「え?」

「違います。まるで別物だ。今食べたこれより、あの人が昔作ってくれたシベリアの方が遙かに美味しかった!」

衝撃的だった。矢沢の感想は栗田の和菓子職人としての自信を粉々に打ち砕いた。

＊

「まあまあ栗くん。そういうの、あんまり気にすんなし」

隣の席でプリンアラモードを食べながら八神由加が軽く言った。

由加は栗田の幼馴染だ。陽気なちゃっかり者だが、根は情にもろい浅草っ子。今はウェブメディアを中心にライター業をしている。

「がつんと美味しいものでも食べて、早く忘れちゃいなよ」由加が明るく助言する。

「お前なぁ、他人事だと思って……」

栗田がぼやくと、由加はスプーンを左右に振った。「食べる側って案外いい加減なもんだよ。深く受け止める必要なし！　あたしも家で適当に料理するけど、お前の作ったものは本当に適当な味がするねえって、お母さんによく言われるもん」

「それは実際に適当に作ったからだろ？」

いつもの喫茶店のカウンター席で、渋面の栗田は苦いコーヒーを一口飲む。

先程、栗田が作ったシベリアを食べた矢沢は、ひどく手厳しい感想を述べた。だがすぐ我に返り、

「申し訳ない！　こんなこと言うつもりじゃ――。美味しかったよシベリア。本当にごめん！　うん、ちゃんと美味しかったから！」

慌ただしくそう弁明したのだった。

もちろん社交辞令なのは明白だ。矢沢は精神的な動揺から、つい剝き出しの本音を口にしてしまい、これはただ取り繕っているだけ。悪気がないのは伝わったが、だからこそ先程の本音は栗田に重くのしかかる。

葵に鍛えてもらい、最近は相当な実力がついたと思っていた。でも実際には自分は若い頃の祖父の腕にも到底及んでいないのか……？

ショックは受けたが、ここで引き下がりたくはない。それは矢沢が五十年もの間、本当に望んでいたものを諦めさせるという意味でもあるからだ。せっかく楽しみに胸を躍らせて浅草まで来てくれたのに。

――まだいける。祖父ちゃんなら、この程度で挫けたりしねえ。

栗田は意地で不敵に微笑むと、もう一度ご馳走するチャンスが欲しいと申し出た。

聞けば二泊三日の東京旅行らしい。最終日にまた栗丸堂に来ることは可能だと言うので、そのとき再びシベリアを食べさせる約束を取りつけた。そして矢沢が帰ってから外に出ると、オレンジ通りを行ったり来たりしながら平常心を取り戻し、その締めくくりに馴染みの喫茶店に寄ったのだった。

――しかし、祖父ちゃんがすげえ人だったのはいいとして、味がまるで別物とまで言われるとな。正直へこむわ……。

栗田は黒髪をくしゃくしゃと掻き回す。

「でも不思議ですよねー」カウンター席の左隣に座っている葵が言った。

「ん、なにが？」

「栗田さんのお祖父様は、どんなシベリアの生地を作ったんでしょう？　なんの変哲もない、普通のカステラ生地だったそうですけど」

「ああ、その件な。確かにちょっと妙な話だった」

栗田は思い出す。――矢沢が栗丸堂を出る直前、平常心を欠いていた栗田の代わりに葵が質問してくれたのである。

「あのー、わたしは栗田さんのシベリア、とてもいい出来だと思ったんですけど、昔の品とどこが違ったんでしょう？　具の羊羹？　それとも生地の方ですか？」

「生地」

矢沢がきっぱりと答えた。

「ははあ。とすると、特徴のある生地だったんですね？　確かにカステラにも色々ありますもんね。黒糖カステラとか抹茶カステラとか」

「や、そういうわけじゃないんだよ。ごく普通のカステラだった。見た目はどっちのシベリアもほとんど同じで、味もわかりやすく違うわけじゃないんです。ただ――」

「ただ？」

栗田と葵は食い入るように矢沢の顔を見つめて続きの言葉を待つ。

「ただ、わかりやすい違いじゃないけど、やっぱり違うんだ。誠さんの作った生地は普通の味なのに、なんかこう、すごく旨かったんですよ。そんな記憶があるんです」

「普通の味なのに、すごく旨かった……？」

意味がわからなかった。

「矛盾してますよね。でもうまく表現できなくて……。ほら、普通のお米と美味しいお米の違いみたいな感じです。あれも説明が難しいけど、全然違うでしょう？」

「まぁ、確かにそうですけど――。また、ふわっとしたことを言いますねー」

困り顔になる葵に「すみません。でも食べればすぐにわかるはずです。あの味は、今でもやっぱり忘れられませんから」と矢沢は苦しげに微笑んだのだった――。

そして今、馴染みの喫茶店のカウンター席で「そうだ、いいこと思いついた！」と由加が元気よく声をあげる。

「どんな味なのか覚えてる人に詳細を訊けばいいんだよ。そのシベリアを食べたことある人って、矢沢さんだけじゃないでしょ。詳しい人に訊くのが一番よくない？」

「どこの誰にだよ」

栗田は吐息をつく。五十年も前の話だぞ——と言いかけて、はたと気づいた。

よく考えると矢沢と同年代の者は近所に大勢いる。昔からの浅草の住人なら、祖父のシベリアを何度も食べた者もいるだろう。そういうリピーターは頼りになる。

「お前それ、名案じゃねえか」栗田はころりと手のひらを返した。

「やっぱり？　あたし久々に大活躍？　特大のホームラン、かっ飛ばしちゃった？やだもう、そんな褒めんなし！　大絶賛すんなし！」

「いや、そこまで大絶賛はしていないが……」

栗田のぼそりとした指摘は聞こえなかったらしく、由加は得意満面で続ける。

「あ、そういえば前に浅羽くんのお祖父ちゃんが、和菓子好きだったって聞いたことあるんだよね。今は体調とかあれで控えてるみたいだけど——。ひょっとしたら昔は栗丸堂にも行ったことあるんじゃない？」

「マジで？　そりゃ知らなかったな」

「浅羽くん本人も洋菓子派みたいだしね」由加がうんうんと首を振る。

「なんかそう自称してるよな……。ところで浅羽の祖父ちゃんって今何歳なんだ？」

「さあ。たぶん七十半ばくらいじゃない？」

だったら手がかりを得られる可能性は充分にある。栗田は隣に座っている葵に勢いよく顔を向けた。

「あのさ、葵さん」

「ええ、もちろん行きます！」

葵の理解と決断は速かった。「あの浅羽さんのお祖父様がどんな方なのか、わたしも興味ありますから！」

「そっちの興味かよ」

「だって想像が膨らみますもん。やっぱり浅羽さんのお祖父様も、栗田さんのお祖父様に表面的には反目しつつ、心の深い部分で強く結びついていたのでしょうか」

「なんか……急に気が引けてきたな」

栗田は平板な目で呟いた。

「や、普通の楽しいお祖父ちゃんだから」由加が横から言い添える。

ともあれ、行動指針は定まった。栗田と葵は会計を済ませると、「頑張ってねー」という由加の声を背中に浴びながら喫茶店を出た。

＊

青空と溶け合う淡い夕陽が町を染めている。

浅草の町工場、浅羽製作所から少し離れた場所にある浅羽家の客間にも、その光が柔らかく射し込んでいた。

栗田と葵は年季の入った黒檀の座卓を挟み、浅羽の祖父と向かい合っている。

この部屋には他に誰もいない。先程スマートフォンで連絡したところ、浅羽がお膳立てしてくれたのだ。最初は例によって栗田を揶揄する口ぶりだったが、事情を説明すると大げさに嘆息して、

「じゃあ、今から家来れば？」と面倒臭そうに言ったのだった。

「いいのか？」

「さあね。いいんじゃない？　親父は工場の方だし、母さんは買い物。妹はまだ学校から帰ってないからさ」

ちなみに彼の妹の浅羽楓は今年から大学生活を送っている。志望の大学にめでたく合格し、そのときは栗田も和菓子を持ってお祝いに行った。最近は日々勉学に励んで

いるそうで、栗田も喜ばしく思っている。

「どうでもいいけど、俺は栗田のクソつまんない話には一ミリも興味ないから。外で虫けらでも眺めてる方が遙かに有意義だよ。段取りはしとくから勝手にやれば」

それが浅羽の弁である。持つべき者は悪友——なのだろうか。ともかく、せっかく機会を作ってくれたのだ。できるだけ詳しく往時の話を訊いておこう。

今、座卓の対面で正座している浅羽の祖父は、やはり孫に結構似ていた。年齢こそ重ねてはいるが、鼻筋の通ったほっそりした顔で、白髪多めのグレイヘアを真ん中で分けている。身につけた普段着の黒いシャツも、こざっぱりした印象だが——。

栗田は切り出し方に迷っていた。

浅羽の祖父は今まで何度も見かけたことがある。もともと顔も知っていたが、こんな形でしっかり話すのは初めてだ。それに加え、今の彼の様子はかなり不安を誘う。

「あ、あう……。う、うああ……？」

浅羽の祖父は、栗田と葵が客間に入ってきたときから口を半開きにして、不穏な声をあげているのだった。

唇の左端からは舌がはみ出している。黒目は両方とも天井へ向けられ、栗田たちを目視していなかった。痩せた体は、ぷるぷると危うげに痙攣（けいれん）を続けている。

——いや、こりゃどう見てもまずいだろ。

同じことを葵も危惧したらしく、不安げに栗田の耳にそっと口を近づけた。

（あの、やっぱりちょっと無理な気がします……）

（葵さんもそう思うか？）

（だって、これじゃとても話なんて聞けませんよ。浅羽さんを呼びましょう）

と、そのとき唐突に目の前の男が動いた。左右の拳を素早く天井へ高く突き出し、

「はー……あぁぁあああっ！」

力いっぱい、そんな声をあげる。啞然として言葉も出ない栗田と葵の前で、浅羽の祖父は両手を下ろすと、やおら居住まいを正した。

「ふう。すっきりしたぁ」

どうやら伸びをしただけらしいが、別人のように理知的な顔つきに変わっている。

「悪いね。驚かせちゃったかな？　ああ、別に悪戯とかじゃないんだよ。ふたりとも硬くなってるから、少し緊張を和らげてあげてよって孫に頼まれたものでね」

私が浅羽怜の祖父です——。彼は爽やかにそう言った。

「……脅かさないでくださいよ」

ひとまず栗田はほっとした。きっとこの人は孫の口車にそそのかされて緊張緩和の

ための小芝居を張り切りすぎてしまったのだろう。

「茶番はさておき」

浅羽の祖父がけろりとした顔で続けた。

「孫から話は全部聞いているよ。五十年前の栗丸堂には確かにぼくも行ったことがある。週に一度は行ってたかな？　まぁ、あの頃はぼくも健康そのものだったからね。君のお祖父さん――誠さんも若かった。思えば、あっという間の五十年だったな」

「うちの祖父と親しかったんですか？」栗田は訊いた。

「まあそうだね。浅草と言っても、慣れれば案外狭いからさ。夜に居酒屋で出くわしては飲み比べをしたよ。あいつ和菓子職人なのに酒も飲むんだ。強かったなあ」

浅羽の祖父が当時を思い出したかのように、くつくつと笑った。

「って、別にそんな話を聞きたいわけじゃないか。シベリアだ。うん、誠さんが作ったシベリアは食べたことあるよ。そうだねえ――三、四回は食べたかな」

「おお！」

やっぱり来てよかった。これなら有力な手がかりが摑めそうだと栗田は思う。

「三、四回……」

ふいに隣の葵が不思議そうな声を出す。「どうしてその回数なんですか？」

「そりゃどういう意味だい？」浅羽の祖父が心持ち首を傾げた。

「浅羽さんのお祖父様は、昔は週一くらいのペースで栗丸堂に行ってたんですよね？　だったらシベリアを食べた回数が少なくないですか？　あ、ちなみにわたしは今まで栗丸堂で食べた豆大福の数を覚えてないです。もう、数え切れないくらい沢山食べちゃってます」

確かに納得のいく葵の着眼だった。浅羽の祖父が、なるほどね、とうなずく。

「大した理由じゃないよ。食べる機会が少なかったんだ。誠さんがシベリアを作ってたのは、ほんの一時期のことだったからね。せいぜい二、三ヶ月くらい。店頭に並んでないことも多かったんだよ」

「はは－、そんなに短い間だったんですか」

目をぱちぱちする葵に、浅羽の祖父は「短いというか――」と呟いて続ける。

「誠さんにしてみれば結構長かったんじゃないかな？　だってずいぶん頑張ってたもの。ほら、シベリアって和菓子というより菓子パンって感じでしょ？　長い歴史のある和菓子と比べたら、風格やら気品がちょっとだけ足りない。だから誠さん、店頭に並んでる定番の和菓子に見劣りしない理想のシベリアを作れないかって色々試してたんだよ。あれこれやってみて、結局、定番商品にするのは断念したんだ」

「やー、納得です。よくわかりました」

葵が両手をぽふっと合わせ、隣の栗田も納得する。「理想のシベリア……か」

セニョール矢沢が食べたのは、まさしくそれだったのだろう。

「で、どんな味でしたか？　祖父の作った理想のシベリアは」栗田は尋ねた。

「うん、美味しかったよ」

「具体的に、どんな美味しさでした？」

一瞬考えて栗田は言葉をつぐ。「普通のシベリアと比べて、こんな風味がしたとか、あんな特徴があったとか。見た目とか匂いとかなんでもいいんです」

「うーん……。そう言われてもねぇ」

浅羽の祖父は困惑げに眉根を寄せる。「見た目や匂いに特徴はなかった。確かに普通のシベリアよりはずっと美味しかった記憶があるよ。でも、それを具体的に表現しろって言われても――。正直、困る」

ちょっとそこまでは思い出せないな、と浅羽の祖父は申し訳なさそうに矢沢と同じようなことを言って、栗田は片手で黒髪をくしゃくしゃ掻きむしった。

――そうなんだよな。

甘いとか辛いといった端的な感想を言うのは簡単でも、なにがどう美味しいかを詳しく言い表すのは難しい。どうしたものかと考えていると葵が唇を開く。

「栗田さんのお祖父様とは、仲良くお酒をかっくらう関係だったわけですよね。なにかお喋りを覚えてませんか？　あのシベリアにはこんな工夫をしていて——みたいな裏話とか、酔っ払って口を滑らせての自分語りとか」

「お、その路線で来たか」

浅羽の祖父が膝を打った。「そうだねえ。言われてみれば、なんとなく覚えがある。そうそう、思い出した。中に挟む羊羹は栗丸堂の自慢の小豆餡を使ってるから、これはそのまま使いたい。改良するなら生地の方だって、熱く理想を語ってたっけ」

改良の内容までは教えてくれなかったけどね、と浅羽の祖父が付け加える。

「やっぱ焦点はカステラ生地か……。矢沢さんも言ってたもんな」

栗田は小さく呟いて思い出す。

『普通の味なのに、すごく旨いカステラ』——矢沢はそう表現していた。

普通のカステラの材料は、小麦粉、鶏卵、水飴、砂糖、はちみつ。

大まかにはそれくらいだろう。もっと少ない材料でも作れる。そこにどんな工夫を施せば、『普通の味なのに、すごく旨いカステラ』になるのか？

——わからねえ……。

唇を噛む栗田と対照的に、浅羽の祖父は昔を懐かしむような遠い目をしていた。

「思い出すなあ。あの頃、誠さんが古いオート三輪で、あちこち駆け回ってるのをよく見かけたよ。声をかけたら、今シベリアの材料を調達してきたところだって——。折しもシベリア寒気団が発達した寒い冬のことでねぇ。記憶に焼き付いてる。誠さんは作業服に黒い羽根をいっぱい付着させて、町を駆け回ってた」

「黒い羽根？」

栗田は目をしばたたいた。

なんだろう。とくに意味のある発言には思えないが、ちょっと気になる。

そのとき、ふいに葵が「あっ、そういうことだったんですか！」と声をあげた。

直後に「だとしたら——」と呟いて思考に耽(ふけ)り、まもなく栗田にぱっと向き直る。

「なにはともあれ、わかりましたよ。栗田さんのお祖父様が作っていたシベリアの秘密が。きっとお祖父様は理想主義者だったのでしょう。理想って素晴らしいものです。そしてじつは矢沢さんの方にも秘密がありまして」

まるで玉手箱みたいです、開けたらなにが起こるのでしょう——と葵は興奮気味に語るが、栗田も浅羽の祖父も事の次第がわからず、ただ呆気(あっけ)に取られていた。

果たして自分の要求は、本当に妥当なものだったのだろうか。

改めて考えると必ずしもそうとは思えない。五十年ぶりに浅草に来て、自分は舞い上がり、大胆になっていたのだろう。いくらなんでも——。

＊

と、そんなことを考えながら、セニョール矢沢は栗丸堂へ向かっていた。

現在の浅草は昔の面影を程よく残しつつも、清潔で華やかな町だ。垢抜けた店が並ぶ様子を横目で見ながら、市松模様のアーケードの下を歩き、赤い大提灯（おおぢょうちん）が吊（つ）るされた雷門（かみなりもん）の横を通りすぎる。やがて老舗の刃物店に突き当たったところで右折すれば、浅草公会堂のあるオレンジ通りだ。

栗丸堂はそこにある。矢沢が店の扉を開けて中に入ると、

「——いらっしゃいませ」

和帽子と白衣姿の栗田仁が凜々しくそう言い、「お待ちしてましたよ、矢沢さん。約束の時間ぴったりですねー」と続けて葵が穏やかに微笑んだ。

二泊三日の東京旅行の最終日だった。

　矢沢は今日の午後、羽田空港から飛行機で北海道へ帰る。その前にもう一度シベリアを食べさせてもらう運びになっていたのだった。

「ほんとに悪いね、栗田さん。忙しいのに手間かけさせちゃって」

　矢沢はイートインスペースの奥の席についた。「でも、食べられるものなら、やっぱり食べたい……。それが正直な気持ちです。やっぱり思い出のシベリアですから」

「わかります。食べたいものを食べるのは大事なことですよ」

　栗田が苦労のあとを微塵も見せずに言い、矢沢は頭が下がる。葵もうなずいた。

「わたしも栗田さんと同感です。というか、最近はそれが人間にとって一番根源的で重要なことなんじゃないかって思ってるくらいです」

「ははあ。そりゃまたどうして？」矢沢は好奇心を刺激された。

「んー、生物の原初の欲求と言いましょうか。いろんな美味しいものを食べたいという願望が、ホモ・サピエンスが文明を発達させてきた原動力なのかなって」

「……スケールが大きいねえ」

　矢沢は思わず笑ったが、じつは的を射ているのかもしれないと頭の片隅で考えた。

「もうシベリアはできてるんで、今持ってきます」

　栗田がそう言うと奥の作業場へ消え、皿を載せたお盆を持って戻ってくる。

そして矢沢のテーブルに、白い丸皿がことりと置かれた。その上には直方体の美味しそうなシベリアが三切れ並んでいる。

「おお……」

矢沢はじっと目を凝らした。形も大きさも、外観は前回食べたものと変わらない。

いや待て――。真ん中の黒い羊羹は同じだが、それを挟む生地の色合いが少し違う。カステラの黄色がわずかに暗い。前回は明るい黄色だったが、これは落ち着きのある濃い黄色だ。きっと卵白を減らして卵黄を多めに使ったのだろう。

「どうぞ、食べてください」栗田が言った。

「うん、それじゃ――いただきます!」

矢沢はシベリアを人差し指と親指でつまんだ。カステラ生地の焦げ茶色の部分から、しっとりした感触が指の腹に伝わってくる。

口に入れた。

歯を立てると、焦げ茶色の甘い部分が破れ、内側はふんわり柔らかな歯応え――。だが気泡だらけというわけではない。しっとり感と柔らかさがバランスよく共存していた。密度が高くて食べ応えがある。風味も濃厚だ。卵黄のまろやかでこってりしたコクが印象的なカステラ生地だった。

直後に上下の歯が、真ん中の小豆餡の羊羹に達する。押し潰すと舌の上に広がる、ぽってりと豊かな餡の甘味。小豆の素朴な香ばしさ。

日本だなあ——と懐かしい幸せな気分になった。

噛むたびに濃厚な生地の味わいと、甘い羊羹の美味しさがほこほこと混ざり合う。

「旨いっ！」

思わず膝を打った。「旨いです、絶品っ。これですよ。これこそ誠さんの味だ」

「そうですか」

栗田がほっと肩から力を抜き、葵が「よかったー」と両手を柔らかく合わせる。

「どんな奥の手を使ったんですか、栗田さん。この味はただ事じゃない。カステラ生地に小豆の羊羹——。普通のシベリアなのにコクとうま味がとんでもないです。生地が美味しいから、羊羹の甘味もしっかりと引き立って、別物みたいだ！」

矢沢の感想に、栗田は満足げにあごを引いた。

「製法は普通のシベリアと同じなんですよ。生地の材料が少し違うだけで」

「材料が違うだけ……？」

「卵です」

栗田は答えた。「カステラ生地の材料で一番比重が大きいのは、それなので。今回は烏骨鶏の卵を使ってます」

「うこっ？　って、なんですか、そりゃあ」

「ひと言で言うと――。いや、俺が説明するのも筋違いかな」

栗田が顔を向けると、葵が「おまかせをー」と言い、うきうき顔で前に出た。

「烏骨鶏というのはニワトリの一種――いわゆる黒いニワトリです。肉も骨も内臓もみんな真っ黒なんですよ。ただし羽毛は黒いものと白いものがいて、後者の方が多いようです。また、指が五本なのも大きな特徴でしょう。鳥は足の指が基本的に四本なんですけど、烏骨鶏はなぜか一本多いんです。飛行して木の枝を摑んだりするわけでもないのに、不思議ですねー。ちなみに天然記念物です」

「へ？」

矢沢の心臓がばくんと跳ねた。「そうなの？　私、天然記念物の卵で作ったシベリア食べちゃったわけ……？　ひえ、だったら今すぐ警察に――」

「やー、逮捕はされないのでご安心ください。食用として飼育されてるものは問題ないです。例えばチャボや軍鶏なんかも天然記念物ですからねー。ただし家畜化されていない野生のトキやコウノトリなどを捕まえて食べると、断罪です」

「あ、そんな違いがあるんだ」

矢沢はほっとして胸を押さえ、葵が朗らかに蘊蓄を続ける。

「さて、烏骨鶏の話題に戻りますけど、産卵数が少ないため卵は高級品です。でも、その栄養豊富で濃厚な美味しさ故に、美食家の間では珍重されてるんですよ。和菓子でも、どら焼きや栗饅頭(くりまんじゅう)など、卵を使うものは結構ありますし、導入を考える方もいることでしょう」

「ああ——。そういうわけでしたか」

矢沢は今、理解した。五十年前のあの夏、栗田誠が作った和菓子の美味しさの秘密は卵にあったのだ。

しみじみと感慨にふける矢沢の前では、栗田と葵が小声で言葉を交わしている。

「浅羽の祖父ちゃんの、あの黒い羽根の話から閃(ひらめ)くとはな。さすが葵さんだよ」

「やー、烏骨鶏は高価なので、手を出しにくい食材ではあるんです。ただ、栗田さんのお祖父様は自分なりの理想を追求していたようですからね。なるべく安い烏骨鶏の卵を扱うファームを探して、運よく見つけたんでしょう」

「だからオート三輪で駆け回ってたんだな」栗田が腕組みする。

「ですねー。あと、たまたま黒い羽根が目立っただけで、実際は白い羽根も服に付着してたんじゃないでしょうか？」

「単に見逃したってやつか。黒い方が目立つからな。かもしんない。なんにしても若き日の祖父ちゃんは羽根まみれになって理想のシベリアを追求したんだ……」

「わたし、立派だと思います。理想という太陽めがけて、蠟で固めた鳥の羽根で飛んでいったイカロスみたいで――」

「詩的な表現！　蠟が溶けて海に落ちちゃうじゃねえか！　まぁ、コストとの兼ね合いで最終的には断念したんだろうな。今回調達した烏骨鶏の卵、わりと高かったし」

俺でもやっぱり普段の商品には使わない、と呟く栗田の前で、矢沢は旅行鞄をいそいそと開けた。

そして用意してきた封筒を中から取り出す。

「――栗田さん」

「なんですか？」

改まってどうしたのかと言いたげな栗田に、矢沢は封筒をそっと差し出した。

栗田は不思議そうに受け取り、中をのぞいて「えっ」と驚きの声をあげる。

「お礼です。どうか受け取ってください」

矢沢は言った。「五十年ぶりに訪れた浅草で、まさかこんな経験ができるとは思わなかった。奇跡みたいなことですよ。誠さんのシベリアをそのお孫さんが完璧に再現

して作ってくれるなんて——。もう感無量です。これは謝礼としてお納めくださ
い！」
　一呼吸分の沈黙があった。
「や、ちょっと多いような……。五万円も入ってますよ？　普通のシベリアの値段で
いいです」
　栗田が少し困ったように言った。
「そう仰らずに。お礼の気持ちですから。烏骨鶏の卵は高価なんでしょう？」
　矢沢は熱く語りかけるものの、残念ながら栗田はうんと言わない。
「高価と言っても、卵一個が二百円とかそれくらいで、別に何万円もするわけじゃな
いんで。気持ちはありがたいですけど、普通のシベリアの料金で大丈夫です」
「でも——いいじゃないですか。迷惑をかけたわけですし、一種の慰謝料として」
「……別に迷惑はこうむってないです。祖父の件もあったし、俺は俺自身がしたいか
らやったんです」
　予想通り、やっぱり意志の固い若者だった。矢沢と栗田の押し問答はその後も続く。
　栗田はあきらかに、なんだか妙なことになってしまったと言いたげだ。
　葵が「はー、やっと真相に辿り着きました」と唐突に発言したのは、繰り返される

応酬の果てに、矢沢がやや感情的になりかけていたときだった。

「真相？」

栗田が不思議そうに葵に顔を向ける。「葵さん、突然なんの話だ？」

「矢沢さんの本当の目的が発覚したという意味です。秘密の玉手箱、開けたらなにが起こるのでしょう——そう思って、お望みの品を食べてもらって反応を見ることにしたのですが、まさかの結果でした」

「なに……？」

戸惑う栗田に葵が続けた。「先日、浅羽さんのお祖父様の話を聞いて、矢沢さんの話の矛盾点には気づいてたんですけどね。理由が絞り込めなかったんです」

「え？　ああ、そういや言ってたっけ。あのとき確か、矢沢さんに秘密があるって」

「秘密の理由を、ひとり静かに妄想するのも楽しいものですから」

無邪気な少女のような笑顔を浮かべる葵を、矢沢はそろりと狼狽気味に見た。

「あの、お嬢さん、なにを言っているのかな……？」

「五十年前、矢沢さんは実際には烏骨鶏を使ったシベリアを食べたことがなかったでしょう？　でも食べたと嘘をついた。なんのためでしょうか？　それは目的を遂げるための一連の手続き——。遂げたかった本当の目的は、この行為にあったんです」

葵の言葉に、矢沢はまるで横綱にぶちかましを食らったかのような衝撃を受けた。

――なんなんだこの人？　千里眼か？

「おいおい、待ってくれ葵さん！」

栗田が顔色を変えた。「矢沢さんが嘘ついてたって、どういう意味だ？　俺らが苦労して作った烏骨鶏のシベリアを実際には食べてなかったとか――。マジなの？」

「マジなのです」

葵が睫毛を伏せた。「浅羽さんのお祖父様はこう言ってましたよね。――栗田さんのお祖父様がオート三輪で烏骨鶏の卵の調達に駆け回っていたのは『シベリア寒気団が発達した寒い冬のこと』だったって」

「ん？　ああ言ってたな」

栗田がやや意表をつかれた顔でうなずいた。「覚えてる」

「あと、こうも言ってました。栗田さんのお祖父様がシベリアを作ってたのは『ほんの一時期のこと。せいぜい二、三ヶ月くらい』って」

「だったな。それも一応覚えてる」

「じゃあ、おかしくないですか？　矢沢さんの思い出話と矛盾します。――矢沢さんは東京生活の最終日に初めて栗丸堂に行って、栗田さんのお祖父様に出会ったって言ってましたよ。七十年代も半ばに至った、ある夏の日に」

矢沢は苦い気分で振り返る。思えば確かにそう語った。

——それか！

——俺の東京生活……浅草の思い出を、この店の甘いもので締めくくろう。

そう考え、泣きたくなるような八月の青空の下、栗丸堂に入店したのだった——。

うなだれる矢沢の前で、葵が明瞭に続ける。

「シベリア寒気団が発達した冬から、せいぜい二、三ヶ月の間——その一時期だけ、栗田さんのお祖父様はシベリアを店に並べていました。これは裏付けも取れてます。矢沢さんには食べる機会がありません。やー、さすがに冬から二、三ヶ月が経過しても八月にはなりませんからね」

シベリアの賞味期限も長くて一ヶ月くらいですし、と葵は付け加えた。

——なるほど。時期のズレから嘘を見抜いたのか。

矢沢は合点がいった。それを見計らったように葵の説明が次の段階へ移る。

「さて、ではなぜ嘘をついたのかと言いますと、先程までの栗田さんと矢沢さんのやり取りが、まるまるそれに当たります。矢沢さんの本当の狙いは烏骨鶏シベリアではなく、栗田さんに謝礼金を支払うこと。あるいは手間をかけた迷惑料として、とにかく栗田さんに五万円を渡すのが目的だったんです」

「はあ？」

栗田は唖然とした顔だ。「俺に五万円を……？　どういうことだよ。確かにさっきは妙な状況になっちまったと思ってたけど——お金を取るんじゃなくて、払うのが目的？　なにをどうすれば、そんなことになるんだ？」

「んー、それは本人に訊くのが一番手っ取り早そうですけども」

葵がくるりと矢沢へ顔を向けた。「でも、思えば布石はちゃんとあったんですよね。確か出会ってすぐだったと思いますけど、栗田さんに店が儲かってるか訊きませんでした？　ちょっと唐突気味に」

「うん、訊いた」矢沢はうなずく。

——「儲かってる？　あ、変なこと訊いちゃったね」

確かにそう質問したのを矢沢は覚えていた。葵が、やっぱりという顔をする。

「あれは本当の目的である、お金を渡すための探りを入れてたわけですね？　儲かってなかった場合、一手間かけなくても簡単に受け取ってもらえるだろうと思って」

「……すごいな」

矢沢は目の前の葵という人物の洞察力に心から感嘆した。「まさしくその通りです。

しかしまあ、過去と現在のいろんな出来事を頭の中で、よく組み立てるもんだ」

「和菓子を食べると脳細胞が増えますから」

葵がしれっと科学的根拠のないことを言い、直後に表情を改める。

「矢沢さん、もう正直に全部話してくれませんか？　どうしてそんなことをするのか、わたしも気がかりなんです。このままじゃ今夜きっとよく眠れません。もしよろしければ、そこの甘いシベリアを食べながらお話を――」

「そうだね。今さら隠しても仕方ない。それに、お嬢さんに隠し事をするのは、どうも無理みたいだ」

矢沢は汗を拭って深呼吸すると、遠い日の真実を語り始めた。

五十年前、夏――。

芸人を辞めた若き矢沢が、東京を旅立つその日の出来事だ。

八月の青空の下、帰郷の荷物を詰めた旅行鞄を携え、矢沢は栗丸堂に入る。店主の栗田誠に新しい門出を励まされ、様々な和菓子を食べさせてもらった。

そのとき、矢沢は本当はシベリアを食べたかったのだった。非常に美味しいという評判を以前、仲間に聞いたことがあったからだ。

だが残念なことに栗田誠は、シベリアはもう取り扱いをやめてしまったと言う。

「うちの店には、なんかこう、ハイカラでしっくり来ない気がしてな。手広く商売するより、基本の商品に今まで以上に力を入れようと思ってよ」

それが栗田誠の弁である。筋の通った考え方だが、矢沢は落胆した。

——楽しみにしていたのになぁ。だったら、もう二度と栗丸堂のシベリアは食べられないんだ。

しょんぼりと肩を落とす矢沢が気の毒だったのか、しばし頭をひねった末に栗田誠は両手をぱんと打ち合わせた。

「そうだ！　シベリアはやめたが、まだあれがあったんだ」

そして栗田誠は店の奥から一本のカステラを持って戻ってくる。

「なあ矢沢さん。じつはこいつは〝特製のカステラ〟でよ。薄く切ってやるから羊羹を挟んで食いな。そうすると前に店で売ってた、うちのシベリアと同じ味になる。なんたってカステラの材料が同じだからな！」

そして栗田誠は特製のカステラと羊羹を薄く切って挟んでくれた。たちまち即席のシベリアができあがり、矢沢はそれを食べたのである。

「これはまあ、試作品ってことになるが、せっかくの機会だからよ。どうだい？」

「旨いです！」

矢沢は言下に答えた。「とても旨いです。とても……」

つまり矢沢は、栗丸堂の商品として店に並んでいた正規のシベリアを食べたことはないが、栗田誠が特製のカステラで急ごしらえした即席のシベリアは食べた。

その特製のカステラには、今思えば烏骨鶏の卵が使われていて——。

きっと栗田誠はカステラの方では、まだ粘り強く自分の理想を追求していたのだろう。だから烏骨鶏のシベリアと同じ味がした。そのコクのある美味しさは矢沢の心に深く刻まれ、また同じものを食べたいと強烈に思わされて——。

そこには一片の嘘もなかったのである。

だが、そのあとがいけない。

半額ということで大量に和菓子をたいらげたあと、会計のときに矢沢は気づく。

——財布がない。

「えっ？」

全身の毛が逆立った。気づくと一張羅の背広には、刃物で細い切り込みが入れられており、そこから財布が抜き取られていた。

「や、やばいやばいやばいっ！」

下宿は既に引き払い済み。荷物ぎっしりの旅行鞄を携え、矢沢はこのまま故郷へ向かう予定だった。その外見故に金を持っていそうだと考えたスリが狙ったのだろう。

「なんてこった……。もう完璧な一文なしだ。あんなに食べたのにお代を払えない。実家にも帰れないっ！」

人生終わりだ、と絶望で真っ暗になる矢沢に、「ったく、粗忽惣兵衛なお人だな」と首の後ろをぽりぽり掻きながら助け船を出してくれたのは、やっぱり栗田誠だった。

「ほら。貸してやんよ」

栗田誠が自分の財布から五万円を取り出し、矢沢に差し出した。「そんだけあれば、途中で一度くらい乗り間違えても、北海道には帰れるだろ。今度は盗まれるなよ」

矢沢は呆然としてそのお金を受け取った。

「あ、ありがとうございます……ありがとうございますっ！」

「おう」

「でも誠さん――」

矢沢はおずおずと口にした。「どうして、その、見ず知らずの私にここまで？」

「なに言ってんだ。同じ浅草の仲間じゃねえか」

栗田誠は口角をにやりと上げた。

「引退した今になって言うのもなんだが——あんたの芸、なかなか評判よかったよ。ウクレレを弾きながら漫談するんだろ？　うちに来るお客さんも地味だけど面白いって、よく褒めてた。歌って踊れるひょうきん者ってことで、結構ファンがいたよ」

「私に、ファンが……」

そんなことはまったく知らなかった。

「俺は和菓子で、お前さんは芸で浅草を盛り上げた——精一杯な。これが仲間じゃなくてなんなんだ？　困ってる仲間を助けないやつは浅草にいねえよ。あと、貸した金は利息なしでいい。故郷で落ち着いたら、旅行のついでにでも返しに来てくんな」

栗田誠はからりと笑った。矢沢は涙が出た。

深々と頭を下げてお礼を言うと、矢沢は借りた五万円の担保として、商売道具だった愛用のウクレレを栗田誠に託し、栗丸堂をあとにしたのだった——。

栗丸堂のイートインスペースで、矢沢は語り続けていた。

「——そんなわけで、私は誠さんのおかげで帰郷できたんです。ただ、故郷に帰ってみると、環境の変化にひたすら翻弄されまして……。人間関係も仕事も、なにもかも別物で、新しい日々についていくのがやっとでした。継いだのは潰れかけの酒屋でしたからね。資金繰りも大変で、長年、東京に行く余裕もなかったんです」

正直、自分が芸人だったことすら記憶から薄れるほどだったが——。

七十代になり、周りの知人が少しずつ他界していく中で、ある日ふと思った。

自分は、人生の総決算をするべき時期に入ったのではないか？

心残りがあるなら、今のうちに解消しておくべきでは？

その筆頭は——やはり遠い昔、栗田誠に借りた五万円の件だろう。

年月が経ちすぎて行きづらくなり、ずっと二の次にしてきた。しかしもう躊躇している時期ではない。そして矢沢は栗田誠に会うために東京へ出発したのだ——。

「でも、五十年ぶりに店を訪れたら、あの人は既に亡くなってるというじゃないですか。ショックでした。やはり物事は後回しにするもんじゃないですね。こうして取り返しのつかない事態になることもある」

矢沢は力なく肩を落として一拍の間を置いた。

「恩義のある相手は、もうこの世にいない。でも、だからこそ借りた五万円は、なんとしても栗田家に返したい……。ただ、お孫さんで現店主の栗田さんはしっかりした意志の固い若者に見えました。そんな人が初対面の私が言うことを——しかも五十年も前の話を果たして信じるでしょうか？　とてもそうは思えませんでした」

矢沢は吐息をついた。「だから一芝居打って、手間をかけさせた迷惑料として五万円を受け取ってもらおうと考えたんです」

嘘をついてすみませんでした、このたびは本当に申し訳ありません——。

矢沢がそう話を締めくくると、栗丸堂の店内に厚い沈黙が垂れ込めた。

ややあって、栗田が深々と嘆息する。

「ったく、そういうことだったんですか。最初から正直に打ち明けてくれれば——と言いたいところだけど、確かに矢沢さんの考えた通り、お金は受け取らなかったな。話そのものは信じるけど、それと祖父ちゃんのお金を受け取ることは、また別だし」

「でしょう？」

矢沢がほろ苦く微笑む。

「あれ？　でも、ちょっと待っててくださいよ。確か——」

栗田はそう言うと、ふいに身を翻して店の奥へと引っ込んだ。

「やー、急にどうしたんでしょう？」

葵が不思議そうに呟くが、矢沢も「ほんとにねえ」と同意するしかない。

やがて二階から慌ただしく駆け下りてくる足音がして、栗田が店のイートインスペースに戻ってきた。

刹那、矢沢が目を剝いたのは、栗田が見覚えのあるケースを抱えていたからだ。

「それは――！」

栗田がさっと手渡してくれたそのケースを、矢沢は無我夢中で開ける。

すると――中には懐かしい古いウクレレが入っていた。

五十年前、自分が劇場のステージで漫談をするときに使っていたものだ。

うわああっ、と矢沢は心の中で叫ぶ。

「こ、これは栗田さんっ、その、どういうっ？」矢沢は興奮して尋ねる。

「思い出したんです。昔、親父が口にしていた話を」栗田も高揚した顔で答えた。

「……お父さんが？」

「ええ、子供の頃おぼろげに聞いたことがあったんです。いつか浅草の元芸人がウクレレを取りに来るかもしれないって。俺がたまたま押し入れの中にあったのを見つけて、不思議に思って親父に訊いたら、当時そう言われたんですよ。――や、正直ずっと忘れてたんですが、ウクレレが担保ってところで、ふと連想して」

栗田の言葉に、葵が瞳をきらきら輝かせて「素敵ですねー！」と口にした。

「きっと栗田さんのお父様も、その話をお祖父様から聞いたのでしょう。三代にわたって大事に受け継がれてきたウクレレ。これが宝物でなくてなんでしょうか？」

──ああ。

矢沢は懐かしきウクレレを、思わず胸にぎゅっと抱きしめる。

本当だ。

本当にそう。これは私の宝物──。

まさか五十年も前の出来事を栗田家の人々がずっと覚えていて、楽器を保管しておいてくれるなんて。

決して高価なものではないのに。五万円の価値なんて本来なかったのに──。

でも今は違う。

宝というのは最初から価値があるわけではなく、人々が長年守り続けることで宝となる。栗田家の人たちは平凡なウクレレを、あたたかい気持ちの宿る真実の宝物へと変えてくれた。彼らの大きな優しさが、時を超えて今それを送り届けてくれたのだ。

これを幸せと言わずして、なんと言おう。

「……嬉しいことだ」

矢沢の目尻から涙が溢れて落ちる。人間の真心が身に染みた。

「栗田さん、ありがとう。このウクレレは一生の宝物にします。誠に誠に、ありがとうございました――」

深々と頭を下げる矢沢の前で、栗田が少し照れ臭そうに応じる。

「色々あったけど、担保のウクレレも無事にお返しできましたからね。例の五万円はありがたく受け取らせてもらいます。俺から仏壇の祖父ちゃんに返しときますよ」

「ああ、そうしてくれると助かります」

矢沢はくしゃっと嬉しそうに破顔して、お金の入った封筒を差し出した。栗田はそれを丁重に受け取ると、ありがとうございましたと頭を下げる。

「やー、さすがにウクレレの実物が最後に出てくるとは思いませんでしたよ。でも、おかげで万事解決ですね。長年の心残りが晴れるのは、やっぱりいいものです」

葵もほわほわと上機嫌で微笑んでいる。

やがて矢沢は、ふと思い立ってウクレレを抱えてみた。左手でネックを支え、弦に右手の親指をそっと滑らせる。

ぽろろん、と南国を連想させる優しい音がした。

「おお、意外といけるもんだね。懐かしい。あの頃の浅草は、私の青春そのものでしたよ。これを抱えて、いろんなことをしたっけ。いろんなことがあった――」

胸が次第に熱くなり、気づけば矢沢は立ち上がっていた。ゆっくりステップを踏みながら即興でウクレレを奏でる。音楽に合わせて言葉はすらすら自然に出てきた。

「ねえ、ほんとにねえ」

いい音だと思いながら矢沢は歌い続ける。

「今日、美味しいお菓子を食べたんですよ。極寒の吹雪の中、ふんどし姿で水をかぶる修行僧のことを考えながら、美味しいお菓子を食べたんです――って、寒いこと言うねえ。シベリアだからね。しょうがないねえ」

矢沢は言葉を切ると、ウクレレをぽろんと奏でた。

「でもね。食べてみると、あったかいんだよね、シベリアって。幸せだねえ――」

「アドリブがすごい」

栗田が笑った。「さすがセニョール矢沢」

「昔取った杵柄(きねづか)って素晴らしいですねー。お笑い好きのわたしとしては憧れます」

栗田と葵に喝采され、矢沢は胸がいっぱいになる。本当に思いもしなかったのだ。

こんなに幸福な気持ちに満たされて、また漫談ができるなんて――。

午後の飛行機に間に合うぎりぎりの時間まで、思う存分、矢沢は芸を披露した。

海軍の和菓子

まだ早朝だというのに、青空から夏特有の強い日射しが降り注いでいる。

今は七月。

六月の記者会見の日から約一ヶ月が経過して、今日が全国和菓子職人勝ち抜き戦、本選の初日だ。

2DAYSイベントだから今日と明日の試合で、長い予選を勝ち抜いてきた全国の強豪の頂点が決まる。

今まで様々な出来事があった。ひと言では語りきれない悲喜こもごもが。しかし、なにがどうなろうと時間は戻らない。始まりとは終わりへ歩み出すことでもある。

そして今——出場者の栗田と葵は、開始時刻のかなり前に会場へ向かっていた。

決戦の場は有明のコロシアム。テニスや格闘技の試合だけではなく、アイドルのライブや大学の卒業式など、幅広い需要に応えられる大型施設だ。

「なんだよ。ずいぶん出てるじゃねえか、店……」

栗田は歩きながら左右を見渡す。「これ、三社祭を超えてねえか？」

栗田の中で祭事の代表格は、やはり浅草の三社祭だ。そして今回のイベントはその規模に負けずとも劣らない。開始前だから客はまだ誰もいないが。

「やー、でも三社祭みたいな、お神輿がありませんからね」

隣を歩く葵が人差し指を立てた。「それがないと、メインディッシュの来ないコース料理みたいなものじゃないでしょうか？　男たちの尊い汗と熱気が祭りを輝かせるんです。まあまあ、確かにこの辺、お店はすごい充実してますけども」

「……熱気はともかく、男の汗は別に尊くないだろ」

無人ではあるものの、コロシアム周辺のあちこちに、和菓子の販売ブースや、洒落たフードコート、野点傘と緋毛氈が人目を引く茶席などが設けられている。面白そうな資料の展示コーナーや、和菓子の屋台村も出現している。

主催の宇都木雅史の話では、付近一帯を三週間前から借り切り、マーケットを開いているとのこと。それで人々に周知させて盛り上げるわけだ。確かに話題になっていたし、下見に行こうと思えば行けたのだが――。

なんとなく気合が抜けてしまいそうな気がして、今日まで足を運ばなかった。来ればきっと相応に祭事を楽しみ、緊張感が低下していただろう。どのみち勝ち抜き戦が終われば、敷地内は好きなだけ見て回れる。今は対戦のことに集中しよう。

――白鷺のやつも、そんな話をしてたからな。

栗田の脳裏に、彼と交わしたやりとりが甦ってくる。

「たまにはいいものだろう？　こうしてゆったりと茶を楽しむのも」

昨日の午後だった。

栗田家の畳敷きの客間で、正座した白鷺敦が上品に問いかけてきた。対面の栗田は深めの茶碗に口をつけ、苦くてクリーミーな抹茶を味わう。

「……いいものだけど。いいものなのは確かなんだけど。次期家元が突然わざわざ家に来て、茶を点ててくれて、しかもそれが絶品で――となると、なんかゆったりした気分になれないんだが」

「ゆったりできないと思ってる者は案外ゆったりしてるんだよ。わずかでもそう思う余裕があるわけだからな。そのわずかという部分に茶道では独特の価値を見出す」

涼しげにそう言って微笑む白鷺敦は、白鷺流茶道の宗家長男だ。上流階級の、いかにも育ちのよさそうな容姿の青年で、和服姿が板についている。

白鷺から連絡があったのは前日だった。会いに行こうと思うが、いつなら空いているかと訊かれたから、店の仕事の昼休憩に当たる時間帯を答えた。

するると彼は翌日のその時刻にやってきて湯を沸かし、持参した茶道具で抹茶を点て始めたのである。その味は見事のひと言だった。

「で？」

栗田は茶碗を置いて促す。「急にうちに来て、なんの用なんだよ」

「うん、別に用というほどの用ではないんだが」

白鷺が静かな咳払いをひとつ挟んだ。

「日本一の和菓子職人を決める例の大会、明日からだろう？　血気に逸って平常心を失っている荒くれ者の心を、一杯の茶で落ち着かせてやろうと思ってな」

「俺をカチコミ前のチンピラみたいに決めつけないでくんない……？　冷静だよ俺は。つーか、俺が心配で来たのなら素直にそう言え。その方が可愛げあんぞ」

「それもそうか」

白鷺はふっと苦笑して言葉をつぐ。

「いや、俺も今回の大会には多大な興味があってね。というのも茶道と和菓子は切っても切れない関係だ。うちの茶会に取り入れたい和菓子も出てくるだろうし、今から興味津々なんだよ。インターネットＴＶで生放送されるそうだから、録画して永久保存版にする。——それに主催者の宇都木雅史さんと白鷺流茶道は、それなりに懇意にしているんだ。色々情報が入ってくるよ」

「ああ、なんか前にそんなこと言ってたっけ」

栗田はぼんやりと思い出した。「どんな情報が入ってくるんだ？」

「例えば、お前たちの初戦の相手のこととか」

「へえ」

栗田の眉がぴくっと動く。白鷺は「手強そうだぞ」と真顔で告げた。

「広島県呉市、山本菓子店の和菓子職人――山本剣一と山本剣二の兄弟だ。お前たちとは同世代。店の主人こそ父親だが、実際の主力はこの兄弟だ。どうも店の経営状態が厳しいらしく、山本菓子店ここにありと世間に訴えるために参加したようだな」

「闘う理由は店の繁盛のためか……。それは知らなかった」

だが嫌いじゃないと栗田は思う。和菓子の腕比べに出場して堂々と存在感を示そうという考え方には好感が持てる。だからと言って負ける気はないが。

「この兄弟、地元では若き名職人として評判らしいぞ。子供の頃から親に和菓子作りを教わっていて――」

「わーってるって。大丈夫だよ白鷺。心配してくれるのはありがたいけど、俺だって下調べはしてる。大会の公式サイトに掲載されてた出場チームの紹介動画は全部観た。あと、その人たちの店の来歴とか、看板商品の詳細とかもな」

〝兄弟揃って和菓子のなんたるかを地道に追究している。自分たちの武器はひたむきで泥臭い努力〟――。紹介動画の山本兄弟は曇りのない瞳でそう言っていた。己の才腕を誇るような動画が多い中で、そんな地味で朴訥(ぼくとつ)とした発言をしていたのは山本兄弟だけだった。

故に、手強くないはずがない。栗田はそう判断している。

「なんだ。わざわざ俺がお節介しなくても知っていたか」白鷺がまばたきした。

「まあな。――や、俺は正直忘れてた部分もあったんだけど、葵さんに言われてさ。ふたりで対戦チームのこと調べたんだよ」

「あの人は目端が利くからな」白鷺が微笑んだ。

「山本菓子店がある呉市って、昔、大日本帝国海軍の呉鎮守府があったところだろ？戦艦大和を造った呉海軍工廠(こうしょう)とかも有名だし、そのイメージを連想する人も多いと思う。だから山本兄弟の店では今、それにちなんだ海軍の羊羹を看板商品にしてるんだそうだ。かなりいい出来みたいだから、対戦では――」

「――それをベースに、改良を加えたものを出してくる？」

「たぶんな」

栗田がうなずくと、畳敷きの客間に沈黙がおりた。

ややあって、白鷺がかすかに心細そうな眼差しを向けてくる。

「……勝てるのか？」

「勝つよ」

栗田は迷いなく口にした。「切り札があるからな」

「ほう？」

白鷺が興味深そうな顔をする。彼は正座したまま、ぐっと上半身を乗り出したが、意外にも栗田の言葉を深掘りすることはなかった。

「それは楽しみだ」

彼はすっと身を引いて、屈託なく頬を綻ばせる。

「……なんだよ。どんな和菓子か訊かないのか？」栗田は少し困惑した。

「茶道の世界には一期一会という言葉がある。どんな茶会も、その日その人たちとの間に生じる生涯一度きりの会だ。故に心せよ、という意味なんだが——。つまるところ俺もお前の切り札を見るときは、その気持ちでいたいわけだよ」

「白鷺……？」

「俺が認める男、栗田仁が追い詰められたとき、一か八かで切り札を繰り出して鮮やかに勝利する様が見たい。事前に説明なんかされたら、一期一会どころか興ざめだ。

そのときが来るまで、俺はなにも知らぬまま待つよ」

白鷺があからさまに声を弾ませるので、栗田はつい渋面になる。確かにそう思っているだけなら粋だが、口に出して相手に直接知らせてしまう辺りが白鷺敦だ。

――なんか、ちょっとやりにくくなっちゃったじゃねえか……。

「ああ、本当に楽しみだな」

白鷺がいい笑顔を見せる。

「重てえよ！」

栗田が言うと、白鷺は確信犯だったのか、愉快そうに天を仰ぎ――。こうして昼下がりの茶会に幕が下りたのだった。

やがてコロシアムに辿り着いた栗田と葵は、中に足を踏み入れた。

「ここか――」

栗田はコロシアムの上の方へ視線をやる。

複雑に張り巡らされた骨組み。全天候型を謳うこの施設はスライド式の開閉屋根で、今日は天井があった。確かに和菓子作りの途中で雨に降られても困る。

内部の空間デザインは無機質でモダン。通路にも壁にも、飾りの類はほとんどなかった。和菓子が主題だけに虚飾を排し、すっきりした内装を心がけたのだろう。その傾向が少々行きすぎ、むしろ近未来的な空気が漂っている。まだ観客はいないが、作業服を着たスタッフがあちこちを忙しそうに駆け回っていた。

「まずは全体の打ち合わせがあるんだよな。何度も説明受けてるし、流れは頭に入ってるけど。ミーティングルームは——あっちか」

会場内の地図を眺めていた栗田は、左の通路へ顔を向けた。

「その前にお手洗いに行っておきません？　打ち合わせまで、まだ時間ありますし」

もっともな葵の提案に、「だな。今のうちに行っとくか」と栗田はうなずく。

栗田と葵は近くの手洗いへ向かい、それぞれ男子用と女子用に入った。

とはいうものの、栗田はじつはとくに用がなかった。あえて理由をひねり出すなら鏡が見たかった。怖じ気づいていないか、熱くなりすぎてはいないか？　今のうちに自分の面構えを確認しておくのもいいと思ったのだが——。

「いつも通りだな」

栗田は洗面台の前でぼそりと呟く。

鋭い目つき、横に結ばれた唇。頬に力みはなく、普段と変わらない自然な印象。

ちょっと拍子抜けするくらい落ち着いていた。気力は横溢しているが、平静だ。きっと自分が最も信頼する人とともに参加しているからだろう。ひとりではこうはいかないはずだ。葵の存在は自分が思っている以上に心の支えになっているらしい。

シッ、と軽く気合を入れて栗田は手洗いを出る。

思いもよらない人物に声をかけられたのは、まさにその瞬間だった。

「やあ栗田くん。しばらく会う機会がなかったが、元気そうだね」

「えっ？」

思わず固まる栗田の前に立っていたのは、葵の父親——鳳城義和だった。

＊

「これは……偶然ですか？」

栗田は少し警戒して尋ねた。

「まさか。ここに来る途中で、君たちの後ろ姿を遠目に見かけたものだからね。目的地も同じだし、離れて同じ道を来ただけだよ」

「……なるほど」

「声をかけようかとも思ったが、葵にお邪魔虫扱いされたくなくて、やめておいた」

そう言って微苦笑する鳳城義和は、赤坂鳳凰堂の代表取締役社長だ。恰幅がいいわけでないが、独特の風格がある中肉中背の紳士で、今日も一寸の乱れもないスーツ姿。ここに足を運んだのも仕事の一環というところだろうか。

栗田の内心を見透かしたかのように義和がかぶりを振る。

「今日は純粋に観客として来たんだよ。父親として、娘の晴れ舞台を見ないわけにはいかない。幸い、主催の宇都木さんとは知り合いだ。生放送中、カメラの前で少し喋ってくれるならＶＩＰ席を手配するというのでね。厚意にあずかったんだ」

「あ、そういうのって、やっぱり事前に決まってるんですね」

そんな気はしていたが、栗田は再確認した思いで言った。

「私は早めに会場入りして打ち合わせ。妻とはあとで合流する。さておき――」

ふいに義和が表情を真剣なものに改めた。

「声をかけたのは他でもない。先日の件の返答を訊くためだ。お互い多忙で機会がなかったが、大会の結果が出る前に知っておきたくてね。忘れたとは言わせないよ」

「もちろん覚えてます」

というより忘れた日などない。栗田の胸にあの日の言葉が甦る。勝ち抜き戦の予選の全スケジュールが終わったあと、栗田は義和にこう問いかけられたのだ。

――「うちで働く気はないか？」

栗丸堂を畳んで鳳凰堂に入社すれば、葵との交際に反対しない。なぜなら和菓子の世界の人間として〝同格〟になるから――と要約すればそんな話だった。

それはある意味、店の看板こそが最も大切で、人と人同士の関係より遥かに価値があるとでもいうような――。室町時代から続く老舗和菓子屋、鳳凰堂の社長としての哲学が感じられる提案だった。

確かに事実の一面なのかもしれない。だが栗田の中では決して真実ではない。そして葵との未来は、事実ではなく真実を基盤に考え、道を切り開いていきたかった。

「せっかくのお誘いですが――申し訳ありません」

栗田は気をつけの姿勢から深々と頭を下げた。

対面の義和が短く息を呑む。

「……本気か？」

「もちろん本気です。俺は鳳凰堂には入社しません」栗田は静かに頭を上げた。

「その選択、君は本当に正解だと思うのか、栗田くん……？　我が社に来れば、私は君を将来の幹部候補として優遇するつもりなのに」

「お心づかいは本当にありがたいです。でも俺には俺の信じる道がある。どうしても譲れないものがあるんです。葵さんもそれをわかってくれている——」

先日、横浜中華街に出かけた帰り、夜の遊園地で葵とその件を話したのだった。

——「もちろん、栗田さんは栗丸堂を続けるべきです」

——「わたしはわたしが決めた人となら幸せになれますし、幸せにしてみせます」

脳裏をよぎった葵の言葉が栗田の心を震わせた。胸に熱いものが込み上げて、魂の宿る正直な言葉を紡がせる。

「この選択が正しいのか間違ってるのかなんて、本当は誰にもわからない。最後の日になるまで答え合わせはできないはずだ。そうでしょう？　だからこそ自分が本気で信じられる道を進みたいんです。信じる人と——葵さんと。そしてその上で俺は選んだ道を必ず正解にしてみせる。正解と不正解を決めるのは他人じゃない。俺は自分の意志で、自分なりの正解を作りあげてみせます」

毅然と告げると、義和が衝撃で目をかっと見開いた。

栗田は続ける。

「義和さんに、ひとつお願いがあります」

「……なんだい？」

「といっても今すぐの話じゃありません。とても大きな——俺にとっては一生に一度のお願いになるので、そのことだけでも事前に言っておくべきかと思って」

義和が無言で先を促した。

「この大会が終わったら——俺はあなたに葵さんのことで、これ以上ない大事なお願いをしに行きます」

栗田は決意を込めて会釈した。「そのときは何卒よろしくお願い致します」

「まったく」

義和が吐息を洩らした。「事態をうまく動かしていたつもりが、逆だったか？　まるで宣戦布告じゃないか」

「そんなつもりじゃ——」

「なんだか攻め込まれている気がするよ」

義和が舌打ちをこらえるような顔で言い、栗田はこの先の出方を考える。

己の気持ちを正直に、誠実に伝えた。そして大会終了後、葵にプロポーズして鳳城家に挨拶に行くというこちらの考えを義和は一応理解してくれたようだ。だがやはり簡単にはいかない。とても素直に受け入れてくれるような雰囲気ではなかった。

なにか、あともう一手が必要だ。

「言っておくがね。私はその辺の馬の骨では、葵の相手として認めないよ」

義和が鋭く釘を刺した瞬間、ここだと栗田は直感する。

「でしょうね。——でも、それが日本一の男ならどうですか？」

「なに？」

「この大会の優勝者は、日本文化復興協会お墨付きの〝日本一の和菓子職人〟なんだそうです。確かに全国の俊英たちの頂点だ。この看板には誰もけちをつけられないでしょう。そんな男なら、さすがに馬の骨とは言えないんじゃないですか？」

栗田の瞬発力に虚をつかれたのか、義和はしばらく言葉を失う。

だが、やがてふっと微笑み、「今頃気づいた。大会に出たいなんて、あの子にしては珍しいと思ってたんだ。水面下にこんな長期的な構想が潜んでいたとは」と呟いた。

「すごいな」

「え？」

「いや——確かにそうだ。認めよう。日本一の和菓子職人になら権利がある。それは我々にとって日本一の男と同義だからな」

義和がそう言って栗田と真正面から視線を合わせた。

この眼差し、と栗田は考える。容赦がなくて厳しいが、憎しみや邪気は感じない。

真贋を見極めるような、やれるものならやってみせろという意志と気迫を感じた。

だったら受けて立とう。もうこれ以上の言葉は必要ない。

「君の闘い、見届けさせてもらうよ」

義和はそう告げると、踵を返してコロシアムの通路を歩き始めた。

彼の背中が遠ざかって見えなくなると、栗田はふうっと深呼吸する。張り詰めていたものから解放され、早くも大勝負を終えたような心境になった。

葵が女子トイレから出てきたのは、それから一分ほど経ってからだった。

「やー、お待たせしました、栗田さん。ちょっと前髪を直していたもので――って、あれ？　今ここに誰かいました？　なんだか覚えのある香りが」

「気のせいだろ、たぶん……。とりあえず、ぼちぼち行こう」

「そうしましょうか」

葵が微笑み、栗田たちは連れ立ってコロシアム内を歩き始めた。

＊

出場者と運営スタッフによる全体ミーティングは、とくに問題なく終わった。

その後は個別の控え室にそれぞれ移動して、開始時刻になるまで休憩。栗田と葵はふたりで使うには広すぎる部屋のテーブルで作戦会議をしている。

とはいえ、戦術はとっくに相談済みだった。

——下手な小細工はしない。最初から全力を尽くす。

いたってシンプルだが、じつは小細工の余裕がないという方が正しい。トーナメントは一敗した時点で即終了だ。出し惜しみして負けては笑い話にもならない。

「今日の午前と午後で二戦。明日の準決勝と決勝で二戦……。思えば全部で四回闘うだけなんだもんな」

「順調に勝ち抜けばそうなりますねー」テーブル正面の葵が言う。

「午前で十六チームのうちの八チームが消えるんだ。どこもずっと頑張ってきただろうにな……。なんかそう考えると、ちょい悲しいっていうか、勝負って残酷だよな」

「ええ。でも、だからこそ威勢よく勝ちましょうよ」

葵がふわりと微笑んだ。「相手がどんな事情を抱えてても手加減するのは失礼に当たります。自分たちはとにかく勝ちまくりたいんだーって息巻いていきましょう」

「ん……。そうだな」

変に無欲を装うより、その方が潔い気もする。実際、栗田は葵との未来をどうしても勝ち取りたいわけで、それは誰にも譲れない。欲しいものは欲しいのだった。

「負けるわけにはいかねえもんな。そのためには最高の和菓子を、最初から全力で作っていくしかない。幸い、あれの完成も間に合ったし――」

栗田はテーブルの上に置かれた大きな袋にちらりと目をやった。

透明なポリエチレンの袋につまっているのは白い粉――。

栗田たちが長らく取り組んできた独自の塩羊羹、萬歳楽に使う材料だ。

先日、とある人物のおかげで入手に成功した〝老翁(おじ)の塩(しお)〟というものである。

「ずいぶん手こずったけど、こんだけ持ってくれれば充分だろ」栗田は言った。

「なにせ百キロ以上ありますからねー」

「ねえよ！　そんなもんどうやって運ぶんだ。せいぜい一キロってとこだな」

対決の場には沢山の材料が用意される。基礎的なものから、コスト度外視の珍しい素材まで、多種多様だと宇都木から聞いていた。材料リストを確認すると確かにその通りだったが、さらに特殊な材料は持ち込んでもいいのだという。

ただし事前に申請書を提出して、認可を受けなくてはならない。アレルギーなどの対策でもあるのだろう。そして栗田と葵はこの塩だけを登録して会場に持ち込むことにした。他はリストに同じ材料があったから必要ない。

――充分な量の塩も確保したし、これなら毎回の対戦で萬歳楽を作れる。

実際、それが最良の戦術だと栗田は考える。

萬歳楽の神髄は、特殊な塩を使った五味のバランスの絶妙な調和だ。フィギュアスケートの高難度ジャンプのようなもので、知ったところで真似はできない。

でも待てよ、と栗田はふと思う。もしかすると、彼なら同じものを再現できるのだろうか？　じつは途轍もなく優れた味覚の持ち主だった、あの男なら。

「なあ葵さん、沖縄の――」

そのとき、ふいに控え室のドアがノックされた。

開始時刻にはまだ早いが、出陣の呼び出しだろうか。栗田が「はい」と応じると、

「失礼します」

そう言って二十代の青年が二名、控え室に入ってきた。

まさかの相手に栗田は目を丸くする。だが知らない人物ではない。どちらも真面目そうな容貌で、目の光が強く、既に製菓用の白衣を身につけていた。

「どうも。今日対戦することになっている、山本菓子店の山本剣一です」

「弟の剣二です」

兄の剣一は短髪で少し背が高く、弟の剣二は長髪を後ろで結んでいた。

栗田たちの初戦の相手——広島県呉市から来た山本兄弟である。

「俺は栗丸堂の栗田仁です。まだ開始前ですけど、なんか用ですか？」

まさかプレッシャーでもかけに来たのだろうか、と栗田は立って葵の前に出る。

剣一がやや緊張気味に「じつは……挨拶がてら相談がありまして」と口にした。

「相談？」

なんかの取引か、と栗田が怪訝に思った次の瞬間、「よせ兄さん、今の俺たちにそんな余裕はない」と声がした。

そして弟の剣二がずいっと前に出て口を開く。

「——単刀直入に言わせてもらう。鳳城葵、栗田仁！　今日の試合、俺たちと羊羹で勝負しろ」

「なんだと」

栗田は思わず剣二を睨みつけたが、彼は萎縮せずに決然と迫った。

「鳳凰堂の伝家の宝刀と言えば羊羹だからな。自信がないとは言わせない。そして、こっちも羊羹には、それなりに自信と誇りを持っていてね」

「へえ」

「間宮羊羹——」

かつて日本海軍最大の給糧艦だった『間宮』。その艦内の菓子職人が製造し、将兵にこよなく愛された間宮羊羹を自分たちは独自の解釈で改良し、店の看板商品へと高めたのだ、と剣二は凄みのある口調でまくし立てた。

「どちらの羊羹が上か、白黒つけようじゃないか！」

そう口にする剣二の全身からは、ものすごい気迫が滲み出ている。逸る胸の内を抑えきれないのか、ほとんど攻撃的と表現してもいい意気込みだ。

「なんで俺らが、わざわざ相手の得意分野で争わなきゃならないんだ？」

栗田は冷静に切って捨てた。「そんな見え透いた挑発に誰が乗るか」

「――怖いんだろう？」

「なに？」

栗田が眉をひそめると、剣二は理不尽な怒りでも感じているような顔で続ける。

「お前たちはなんでも持っている。才能、家柄、地の利、スター性……。生まれつき恵まれた『持てる者』だ。俺たちはその逆、『持たざる者』さ。華には恵まれなかったが、努力でのし上がった。そんな雑草に負けるのが、お前たちは怖いんだ」

「馬鹿言ってんじゃねえぞコラ」

栗田は気色ばんだ。――なにが持てる者、持たざる者だ。自分は庶民だし、葵だって単なる良家のお嬢様ではない。上辺だけ見ればそうだが、中身が違う。

彼女は『持てるものを失いし者』だ。

本当は誰よりも優れた才能があったのに、右手を怪我(けが)して愛する和菓子職人の道を諦めた人。そこにどれほど深い絶望があったことか――。しかしそれでも今は立ち直り、以前とは異なる形で再び飛翔(ひしょう)しようと足掻(あが)いている。ろくに葵のことを知りもしないくせに、安易に決めつけてほしくない。侮辱された気がした。

「そうやって他人にケチつけるのが、お前の言う努力なのかよ？」

栗田が剣二を睨みつけると、剣一が弟を守るように素早く前に出た。

「すみません！　こいつ少し視野が狭いんです。でも、伝えるべきことは伝えました。どうか勝負ではよろしくお願いします！」

剣一は弟の頭を摑んで無理やり一礼させると、慌ただしく控え室を出て行った。

「なんだあいつら。言いたい放題言って逃げやがって」栗田は鼻に皺を寄せた。

「すっごい熱くなってましたね！」

葵が目をぱちぱちさせた。「なんだか、ちょっと追い詰められてるような印象も受けましたが――大丈夫でしょうか？　せめて冷たいお茶でもご馳走してあげられれば」

「おいおい」

向こうは結構失礼なことを言っていたのに葵はまるで気にしていない。それどころか純粋に心配し、気づかっていた。こういう性格の人は貴重だ。栗田はつい頬が緩んで、ふと思い出す。

「そういえば連中の店、経営が厳しいらしい。白鷺敦に聞いたんだ。この大会には店の存在を世間に知らしめるために参加したんだとか。だから今は必死なのかもな」

だが、と栗田は思う。その事情と勝負は一切関係ない。

「萬歳楽なら、どんな羊羹にも正面から力技で勝てる。せっかく向こうがリクエストしてきたんだ。全力でぶつけよう、葵さん」

「んー……。どうしましょうかねー」

意外にも葵はあごをつまんで考え込んだ。それはいつも軽やかな手並みであっさり事態を収拾していく葵にしては珍しい長考で、栗田も奇異に思うほどだった。

*

「次だな、俺たちの入場」

栗田たちの視線の先では、割れるような歓声で空気が揺れている。

「すごい迫力……。手と足が一緒に出ないように気をつけないと」

さすがの葵も、目の前の光景に圧倒されているようだ。

控え室から続く狭い通路と、広い中央エリアの境目に栗田と葵たちはいた。

近くにはスタッフと他の参加者もいる。場内に自分たちの名前がアナウンスされたら歩き出す運びになっていた。既に他の方角から、藤原薫のチームと柳才華のチームが入場している。

イベントが始まったのは九時だが、主催者の挨拶や日本文化復興協会の話、ゲストのパフォーマンスなどがあり、もうすぐ九時半になる。時間は押し気味だと思っていたところ、遠くに見えるマイクを持った司会進行役がこちらに顔を向けた。

「第二試合出場者――『手を取り合うは東京、山の手と下町。出自は違えど志を共有する和菓子の担い手がここにいる』……鳳城葵チーム！　鳳城葵、栗田仁入場！」

うおおっと遠くで一段と大きな歓声があがる。

「行こう、葵さん！」

「はい！」

栗田たちは下腹にぐっと気合を入れて、中央エリアの方へ歩き出す。

狭い通路を出ると一気に視界が開けた。すさまじい数の観客が目に入る。

どこを見ても人、人、人。頭がくらっとするほどだ。

そんな沸き立つ大勢の観客に囲まれた広い中央エリアには、十六台の調理台が均等に配置されていた。真新しいステンレス製で、シンクとガスオーブン付き。その他にも業務用のミキサーや冷蔵庫や餅つき機など、申し分ない設備が備えられている。

「栗田さん、栗田さんっ」

ふいに隣を歩く葵が言った。「あそこあそこ！」

彼女が指差す方向に顔を向けて、あっと栗田は声をあげる。

観客席の一角に、見覚えのある横断幕があった。

『甦る和菓子伝説——栗田と葵は最高』

そんな内容だ。幕を掲げているのは、お馴染みの顔ぶれ。

喫茶店のマスターと悪友の浅羽と幼馴染の由加。それから店の同僚の中之条と志保もいた。今日は栗丸堂は臨時休業なのだ。また、よく見ると他にも見知った者が多々いる。店の常連客や浅草の商店街の人たちだ。そのうちの数人が円錐(えんすい)状のメガホンでなにか叫んでいるが、さすがに大歓声に掻き消されて聞こえない。

だが言いたいことは、ひしひしと伝わった。

――頑張れ。勝って、望む未来と栄光を掴んでこい。……そう言いたいんだろ？

「みんな、本当にありがとな」

栗田の心に火がついて熱くなる。今日はもう、力を尽くさずにはいられない。

「ん、そういえば――」

ふと思い出してＶＩＰ席を見ると、葵の父親の鳳城義和と母親の紫が仲良く並んで座っていた。義和は一見、無反応だが、紫は元気に手を振っている。

「ほら見ろよ、葵さん！」

「やや－、うちの母はお祭りごとが大好きなんですよ。あんなにはしゃいじゃって、しょうがないですね－。生姜（しょうが）がないから、しょうがないんでしょうが」

葵がはしゃいで頰を綻ばせる。隣を歩く栗田の顔からは一瞬あらゆる表情が抜け落ちたが、「平常心」と呟いて今の言葉を忘却した。

まもなく栗田と葵は自分たちの調理台へ辿り着き、すると次のチームの名前が呼ばれる。山本兄弟が入場してくるまでの間、栗田は素早く辺りを観察した。

運営スタッフはもちろん、思った以上にメディアの関係者が多い。大きなＴＶカメラをかついだ撮影班や照明担当者、やたらと長いマイクを持った者もいる。

――そういえばインターネットＴＶで生中継されてるんだったな。

ふと思い出して栗田が周囲を見渡すと、コロシアムの上の方に巨大な平面ディスプレイが四つ、東西南北に設置されていた。

ＴＶの視聴者はこれと同じ画面を見ているらしい。きっと四つの画面のうち、最も盛り上がっているものに編集スタッフが随時切り替えるのだろう。

今のところ北と南のディスプレイには入場前の職人たちの様子が。西と東のディスプレイには、栗田たちの隣で睨み合う藤原薫と柳才華の姿がアップで映っている。

対戦者同士の調理台は、向かい合うように並べられているのだった。

もちろん栗田たちと山本兄弟の調理台もそうだ。これは闘う者たちが盛んに火花を散らし、その映像を撮影しやすいようにと運営側が意図したものだろう。藤原薫と柳才華は冷静なようで意外と好戦的だから、格好のＴＶ素材になっているようだ。

なんにせよ、これだけ巨大なディスプレイが四つもある以上、俺たちも他のチームがどんな和菓子を作るのか、試合中に観られるわけだと栗田は思う。

結果にどう影響するかは今のところ不明だが。

「以上、熾烈な予選を勝ち抜いてきた、全十六チームの入場が完了しました」

すべての参加者が調理台につくと、司会進行役が朗々と言った。

このイベント中に何度も見た顔ぶれが、大型ディスプレイにも映し出されている。藤原薫と柳才華。闘志溢れる山本兄弟。林伊豆奈はひとりだが、飄々としている。他のメンバーも多士済々だ。闇夜のような黒い空気をまとう月村望。夏空のような晴れやかさを放っている我那覇巧。

そして——今日は会場に上宮暁の姿もあった。

彼もまたひとりで参加している。本来、一緒に出場するはずだった相棒の弓野有の姿はない。ある事件のせいで、弓野はここに来ることができなかったのだ。

——上宮……。今のあいつはどんな心境なんだろう。

栗田は目を凝らすが、今の上宮の様子からは、とてもうかがい知れない。

ともあれ、今は勝負前だ。気を散らしていられる余裕はなかった。

午前の部はこの十六チームがすべて同時に対決する。第一試合から第八試合までが並行して行われ、そのうち八チームが勝ち残るのだ。

そして午後の部では八チームが試合をして、残り四チームにまで絞られる。

一試合ずつ順番に行わないのは、和菓子作りには相応の時間がかかるためだろう。

与えられた和菓子の作製時間は、二時間——。その後の三十分で審査員による試食と評価が行われる。

本来、その日の店に出す生菓子を二時間で揃えるのは無理だが、今回は審査員の分だけ作ればいい。作る量が少なければ時間も短くて済む。だから成立する。

とはいっても、作製の二時間をただ見ているだけだと観客も飽きるから、座席券を持っていればコロシアムは出入り自由となっていた。大相撲観戦のように途中で食事に行ったり、売店や屋台で買い物したり、展示を見て回ってもいい。おそらく和菓子好きには快適で楽しいイベントになっているのだろう。

まもなく小さな箱を持ったスタッフが八人、対戦者たちの方へ近づいてきた。

前もって説明されていたあれだな、と栗田は思う。

「いわゆるパンドラの箱ですねー」

葵がほわりと何気ない口調で言った。

「……余裕あるな葵さん。それ確か、希望以外ろくなもん入ってない箱だからな？」

今から行われるのは題材決めだった。箱の中のくじの内容で、それぞれの試合で作る和菓子が決まる。まずはチームの代表同士で、どちらがくじを引くかの交渉だ。

栗田たちと山本兄弟は、箱を持ったスタッフの前で相対峙する。

「我々に引かせてくれませんか？」

対戦相手の山本剣一が少し強張った顔で要求した。

「いいですよー」

呆気なく葵は了承した。くじを引かない側は、審査員の試食を先攻にするか後攻にするか選べる。葵なりに考えがあるのだろう。

箱の中には「自由」「創作」「指定」の、いずれかが書かれた紙が入っていて——。

「自由」なら、どんな和菓子を作ってもいい。

「創作」なら、作っていいのは自分たちが独自に編み出した創作和菓子のみ。

「指定」なら、くじを引いた側が題材を指定できる。

確率は三分の一だ。山本兄弟は「指定」の紙を引き、羊羹で勝負したいのだろう。

「やあっ！」

剣一が裂帛の気合とともに箱から紙を摑み出す。弟の剣二が食い入るように見ている横で、剣一が畳まれた紙を広げると「自由」と書かれていた。

兄弟は天を仰いで呻き声をあげる。さもありなん。栗田たちがどんな和菓子を作るのか、これで手がかりは試合前の言葉のやりとりだけになってしまった。

「……まあいい。俺たちは間宮羊羹の力を信じるだけだ」

剣一と剣二はうなずき合うと、自分たちの調理台の方へ走り去っていった。

「ふう。結局なに作ってもいいことになったけど——」

その場に残った栗田は首の後ろを掻く。「マジであれ作るのか、葵さん？」

先程のことだ。控え室で山本兄弟の話を聞いた葵はあごをつまんで長考し、その末に「あの、栗田さん。こういうものって作れますか？」と尋ねたのである。

くじ引きの結果に問題がなければ、今回はそれを作る運びになっていた。

「やっぱり不安ですか？」

くじの箱を持ったスタッフが帰っていくのを横目に、葵が訊く。

「不安っつーか……普段なら別にいいけど、今日は一敗でもしたら終わりだからな。それで、ぶっつけ本番の和菓子を作るのは、ちょっと度胸いるよな」

栗田は正直、揺れていた。葵が指示してくれるとはいえ、今まで一度も試したことがない和菓子を真剣勝負の場でいきなり作れというのだ。やれるとは思うが、重圧だった。萬歳楽を出せば必ず勝てるのに、葵はどうしてもそれを出したいのだという。

どうしても、と彼女が望む以上、要望に沿いたいが――。

「俺は葵さんのこと信じてる。だから全力で作るよ、例の和菓子。ただ……もしもミスしたらと思うと、やっぱ怖いんだ。今まで積み重ねてきたものが元の木阿弥だからな。応援に来てくれたやつらにも顔向けできねえ」

「栗田さん――」

「わりい。こんなの俺らしくないな。忘れてくれ」

「悪くないです！」

葵が凜とした真剣な声を出した。

「いいんです、大丈夫ですよ。今まで厳しい鍛錬を続けてきたんですもん。ミスなんかしません。それに栗田さんは、わたしのことを信じてくれるんでしょう？　だったら運も味方してくれます。わたしも栗田さんを信じてますから」

「お、おう……」

栗田はうなずいたが、間近できらめく葵の黒目につい見入ってしまい、微妙に理解が追いつかなかった。結局どういう意味だ？　なぜ信じていれば運が味方するのだ？

「栗田さん、知ってますか？　本気で信じるという行為は愛と同義なんです」

「え？」

栗田は一瞬きょとんとした。「そう……だったのか？」

「最後に物事を左右するのは、その力ですからね」

さすがに葵は聡明だと栗田は思う。自分は知らなかったが、心理方面の学説でもあるのかもしれない。やはり土壇場で頼りになるのは知性と閃きだと感心していると、

「まあ、今ぱっと思いついただけなんですけども。……やー、盛り上がってつい恥ず

かしいことを口走ってしまいました」

葵がそう言って若干はにかむ。なんだよ——と拍子抜けしたりはしなかった。

「いいだろ、別に」

心に響いたのは事実だからだ。本気で信じることは愛と同義。その認識があらゆる不安を吹き飛ばす。

「俺は葵さんを、ずっと信じ続ける」栗田は葵の瞳をまっすぐに見つめた。

「——っ」

葵の瞳孔が大きく広がり、その頰がみるみる紅潮していく。

「く、栗田さん……。こんな場所で、そんな素敵なことを言っては……だめです」

「え？」

「だめです……っ」

自分もどうかしていたらしい。最近、葵が相手だと少し素直になりすぎてしまう。

「そ、そうかもな！」

ここが決戦の場だと再認識した栗田は、火照る自分の頰を平手で叩くと、カメラから逃げるようにして葵と調理台へ戻った。

そして大きく深呼吸した後、萬歳楽ではない新しい和菓子の製作に取りかかった。

＊

時は少し前に遡る。

「椿餅を作るなって？」

コロシアムの控え室で藤原薫は言った。薫の相棒の和菓子職人——店で二番目に腕が立つ今年六十四歳の柏木も、珍妙な申し出を聞いてあきらかに困惑している。

選手入場前の待機中のことだった。控え室のテーブルで、薫と柏木が持参した宇治茶を飲みながら打ち合わせをしていると、ドアが唐突にノックされて、

「どもども、こんにちは。今のうちに、ちょーっとお話ししときません？」

そう言って対戦相手の柳才華とパートナーの張間が室内に入ってきたのである。

柳才華は二十代の女性、張間は同年代の男性だ。ふたりは遠慮の欠片もなく薫たちと同じテーブルにつくと、開口一番、妙な相談を持ちかけてきたのだった。

——じつは頼みがあるんです。椿餅を作らないでください、と。

「だいぶ愉快なこと言う人やね」

薫は愛用の扇子をはためかせた。今の言葉は「アホぬかせ」くらいの意味である。

「でしょう？　あたし昔からよく言われるんです。才華さんって美人で賢くて、おまけに喋りも面白いねって」

柳才華が婉曲表現を無視して相好を崩すので、薫は若干いらっとする。

「そもそも——なんなん？」薫は低い声で問うた。

「やだなあ。そんなの自分が一番よくわかってるでしょうに。知ってるんですよ。あなたが現代に甦らせた特別な椿餅のこと」

「はて。なんのことだか、さっぱり」

薫は冷ややかに流すが、柳才華のペースは崩れなかった。

「古代の甘味料の甘葛と、小豆餡の甘味を調和させて、すごく美味しいもの作ったらしいじゃないですか。天才少年が作る天才的な和菓子——そんなもの出されたら困っちゃいますよう。だから頼みに来たわけです。作らないでねって」

愛嬌たっぷりに目配せする柳才華を前に、面倒臭いなと薫は思った。

どこから椿餅の件を嗅ぎつけたのかは知らないが、情報収集能力が高いやり手だ。そんな人物が、椿餅を作るなと口で言うだけで終わるはずがない。

「払います、三十万円」

突然、柳才華がきりっと決めた顔で言った。「それで手を打ちません？」

「その金額、優勝賞金よりずっと安いね」薫は冷静に指摘する。

「じゃあ二十万で」

「下がってるやん。ほんまにおもろい人やなぁ」

薫は人差し指の先を頭に向けて、「どないしはったん？」と言った。

「――じゃあ仕方ない。ここだけの話をしましょう。あたしの両親、病気で死んじゃったんですよ。でも最後にあたしを枕元に呼んで、『才華、我々の成し遂げられなかった夢を叶えてくれ。和菓子で頂点に立ってくれ』と言って事切れたんです」

そこまで言うと、柳才華はハンカチで目元を押さえて鼻をくすんと鳴らした。

「だから、あたし……どうしてもこの勝負、勝ちたくて――」

「今度は泣き落としかいな」

薫は呆れた。こんな猿芝居で親を殺すな。もう付き合っていられない。

「わかったわかった。そこまで言うなら出さへん出さへん。一回戦では温存しとく。とにかく出さへんかったらええんやろ？」

薫が投げやりに言うと、柳才華は「やったあ！」と快哉を叫び、ハンカチを顔からぱっと離した。その目からは案の定、一滴の涙もこぼれていない。

「あなたって親切な人なんですねえ。ありがとうありがとう。いよっ、京都人！」

「白々しいわぁ。用が済んだのなら、はよ帰って？」

薫が告げた次の瞬間だった。ふいに控え室の奥から、ぴしっと音が聞こえる。

「ん？」

薫は振り返るが、控え室の奥には誰もいない。音を出すものもない。強いて言うならスチール製のロッカーがあるだけ。ここに来てからまだ開けていなかったが。

——まさか、あの中に誰か隠れて？

そんなことがあるはずはないが、一応、薫と柏木は念のために奥のロッカーへ近づくと扉を勢いよく開け放った。ロッカーの中は完全な空で、誰の姿もない。

当たり前だった。どうやら今の音は控え室の外から響いたらしい。

「では、あたしたちはこの辺で」

交渉も終えて、いい頃合いだと思ったのか、柳才華と張間が控え室を出ていった。

やっと静穏が戻ってきて薫は安堵（あんど）の息をつく。「ふう、長い茶番劇やった」

「若」

柏木がそろりと声をかけてきた。「ほんまに椿餅は作らへんのですか？」

「なんで？　僕はただ、出さへんって言っただけやで」

「……と言いますと？」

「出さへんのは椿餅ちゃう。――慈悲の心や。いろんなものを舐めくさってるあいつは、ほんま腹立つ。一切の慈悲なく打ち負かしたる」

「素晴らしい。それでこそ若です」柏木が声を弾ませる。

ふたりは不敵な笑みを交わして宇治茶を飲んだのだった。


そして今――。

コロシアム中央の調理台で大観衆が見守る中、藤原薫は柏木とともに椿餅を作っている。この大会のためにイメージを膨らませ、独自の解釈で磨き上げた椿餅だ。

道明寺粉を使った柔らかな餅に、つる性植物の樹液を煮詰めた甘葛をとろりとからめて、中心に丹波大納言小豆の濃厚な餡を仕込んだもの。材料は、ほぼすべて自分で用意したものを申請して持ち込んだ。

この和菓子の隠し味は、花――。椿の花の蜜だ。

メジロやヒヨドリが好んで吸う、その澄んだ甘さの花蜜を餅にわずかに染み込ませている。それが一種の野趣となり、生命感のある鮮烈な美味しさを形作るのだった。

「さて、向こうは――」

薫は顔を上げて、対面の調理台の柳才華に目をやる。

くしくも相手も、ちょうどこちらを見ていた。にっと笑って彼女は顔を背ける。それは決して「約束したのに椿餅を作るなんて、ひどいじゃないですかぁ」なんて言いたげな苦笑ではなかった。ですよねえ、という余裕綽々の笑みだった。

——当然やろ。

柳才華だって本気で交渉したつもりはあるまい。証文を取り交わしたわけでもなく、あんな口先だけの言葉に強制力がないことは、京都市嵐山の猿にだってわかる。

彼女の狙いは見え透いていた。闘志を蝕むための言葉をこちらの口から言わせておきたかったのだろう。あわよくば罪悪感の淡い影も落とさせることができる。

あれだけ椿餅を作らないでくれと派手に頼まれれば、当然それに反する行動をしたときに思い出して一瞬、集中に水を差される。そういうことがある。ささやかな効果にすぎないが、長丁場では些事がボディーブローのようにじわじわ影響するものだ。

「ま、僕には効かへんけど」

だからこそ、冗談めかしつつも自ら口にしたのだ。薫は最高級の大納言小豆をいたって冷静に茹で続ける。

その合間に、大型ディスプレイに映し出された柳才華チームの製菓の様子をうかがうと、彼女たちが作っているのは中華菓子を和風にアレンジしたものだった。

焼き餅に詰め物をした――おそらく原形は牛舌餅(ニョースーピン)と呼ばれる菓子だ。

結局、彼女は和菓子のスペシャリストではないのだと薫は思う。中華菓子店を営む傍ら、和菓子の知識と技術も学んだ。そしてその器用さ故に、中華菓子を和菓子風に作り替えることができる。確かに優れた才覚の持ち主ではあるのだろう。しかし、どれだけ巧みに和の要素を取り入れても、彼女の根底にあるそれは中華菓子なのだ。

ならば――。

生まれたときから和菓子の本道を歩んできた自分に、負けはない。

「心配無用。若の才能の方が圧倒的に上です」

鍋の小豆の様子を見ながら柏木が告げる。薫は静かに口を開いた。

「椿餅は和菓子の歴史の根源にあるもののひとつ。それを作って負けたら、僕はただの道化や」

和菓子が和菓子である限り、勝敗は既に決したようなものだった。

そして残り時間は少なくなっていく――。

＊

「今日もずいぶん売れ残っていたよ、店の生菓子」

広島県呉市――山本菓子店の奥の作業場で、山本剣一は静かに言った。

それは全国和菓子職人勝ち抜き戦の本選が始まる、十日ほど前のことだった。

先程、剣一は売り場の様子を見てきたのだった。店内はいつも同様に閑散としていて、それでも販売担当の母親がショーケースの後ろで穏やかに客を待っていた。

もうすぐ日没。作業場の窓の外で町は茜色に染まっている。今日も代わり映えのしない貴重な一日が終わっていく。

「ちきしょう……ふざけんなよ」

そう呻いたのは、製菓用の白衣を着た弟の剣二だった。今日は父親が得意先回りに出ているから、ここにいるのは剣一と剣二だけ。剣二は物事にひたむきに取り組む情熱家だが、子供の頃から、やや思い込みの強いところがある。

「和菓子の大会……俺たちは予選を突破したんだぞ。本選出場ってことは日本を代表する十六店のひとつじゃないか。それなのにどうして――。なんで客が来ない！」

「落ち着けよ、剣二」

剣一はやんわりたしなめた。「予選なんてそんなものだろ。本選が始まれば、状況も変わってくる。店の繁盛は、この先の俺たちの活躍次第だよ」

そうは言いつつも、剣一も内心では落胆していた。

大会の件そのものはメディアで大いに話題になっている。ネットの公式サイトには自分たちの情報もふんだんに掲載されている。

しかし実際のところ人々の口にのぼるのは、決まって華がある一部の者だけ。藤原薫、柳才華、鳳城葵、林伊豆奈、弓野有——。

山本兄弟が脚光を浴びたことは今まで一度もなかった。

——理不尽じゃないか。不公平だ。どうして大衆は俺たちを見てくれない？

剣一はそう思っていたが、弟があまりにもそのことを率直に口に出すので、いつもなだめる役を演じるしかなかった。

「兄さん」

ふいに剣二が言った。「羊羹は？」

「え？」

「俺たちが作った特製の間宮羊羹の方だよ。あれの売れ行きはどうだった？」

「ああ——。そっちはまずまず売れていたな。日持ちする品だし、完売ってほどじゃなかったけど」

「そっか」

剣二が目を伏せる。

その間宮羊羹は、剣一と剣二が店の売上を伸ばすために作り出した新商品だった。

呉市といえば海軍。海軍で和菓子といえば給糧艦「間宮」だ。

そこで羊羹が作られて人気を博していたという事実に基づき、実際に間宮に乗った人の親類に話を聞いて回り、独自の解釈を加えて完成させたものである。

勘どころは海軍将校も満足するであろう骨太の甘さと、食べ応え。水分量を減らし、みっちりと硬く煉り上げて甘味を凝縮している。戦時中に海軍御用達だった、ある店の羊羹に倣って、表面をさくさくした糖衣で覆ってもいる。

この独自の間宮羊羹の知名度が、より高まってくれればいいのだが——。

現状、本選に出場を決めたくらいでは、なんの後押しにもならないようだった。

「なあ兄さん」

「どうした剣二？」

「努力って——無駄なのかな？」

ふいに剣二が発した剥き出しの問いに、剣一はぎくりとさせられた。弟は続ける。

「いくら頑張っても、努力しても……選ばれた特別な者には、やっぱりかなわないのか？　俺たちのしてることって、結局は無駄なのかな？」

剣一は心臓を素手で握られたように苦しくなった。ほとんど息が止まりそうだった。

そんなことはないと即座に弟を叱りつけたかった。でもできなかった。

なぜならそれは剣一の頭に時折、魔のように忍びより、そのたびに無理やり考えないようにしてきたことだったから――。

「剣二！」

剣一は鋭く声を発した。

「なんだよ兄さん」

「自分のこと――不幸だと思ってるのか？」

驚いて瞠目する弟に、剣一は今まで心に押し込めていた感情をそのまま迸らせる。

「なんの華も持たずに生まれてきた俺たちは惨めだと――そう思っているのか？　自分を哀れんでいるのか!?」

もしも弟がそう思っていたら、そんな考えを抱かせた兄は最低だと剣一は考える。

なぜなら先に生まれた人間として、生きる希望や指針をまるで弟に示せなかったということだからだ。そんな不甲斐ない兄に存在する意味があるだろうか？

「違う」

弟が激しくかぶりを振った。「そうじゃないよ兄さん。それは断じて違う。少し弱気にはなったけど、俺は自分を哀れんでなんかいない」

「本音を言ってもいいんだぞ、剣二」

「本気だ！　俺たちは負け犬じゃない。まだ勝利を摑んでいないだけだ。それを証明するために闘いに行くんじゃないか。全国最強クラスの職人たちと、公式の場で！」

剣二は発奮して顔を赤くして続けた。

「鳳城葵とか藤原薫とか、大衆はとかく特別な人間をもてはやすけど——悔しいよ。否定してやろうよ。生まれ持ったものだけで勝負は決まらないって。俺たちがこつこつ調べて、工夫して作りあげた間宮羊羹で、勝って勝って勝ちまくってさあ！」

「剣二——」

剣一は衝撃を受けた。あまりにも腑に落ちる言葉だったからだ。こいつ、しっかりしてるじゃないかと思った。それに引き換え、自分はなにを弱気になっていたのだろう。兄のくせに、弟に目を覚まさせてもらっていては世話はない。

「ああ、そうだな」剣一は力強くうなずいた。

「兄さん！」

「勝とう。特別なやつらに」

自己憐憫（れんびん）など断固、否定する。そのためにも闘う——。自分たちはこの先、胸を張って生きていくための尊厳を賭けて闘いに挑むのだ。勇気ある古（いにしえ）の海軍兵たちも力を貸してくれそうな気がした——。

そして今。

勝ち抜き戦の本選が行われているコロシアムでは、製菓のための二時間が過ぎ、それぞれのチームの和菓子が完成した。

白磁の皿に盛りつけられた品が運ばれていき、試食という名の審査が始まる。

審査員は三名いて、いずれも日本屈指の鑑定人だ。官能検査の卓越した能力を持ち、それに加えて和菓子と歴史と芸術の深い知識を持っている。じつは大企業の食品開発にもひそかに協力する、類い希（まれ）な人材たちだ。

今回、彼らは和菓子を食べて、十個の項目を十点満点で評価する。

内訳は——。味、食感、香り、美しさ、材料、食べやすさ、統一性、独創性、特別加点、総合的完成度。

それらの全項目で十点を取ると、合計して百点満点になるわけだ。各々の審査員はどちらの和菓子が上か、合計点の比較で決める。

三名の審査だから基本的に引き分けはない。上だと判定した審査員が多いチームの勝ち――と、そんなルールである。

「それでは山本剣一チームの側からどうぞ」進行役が言った。

剣一は弟の剣二と連れ立ち、審査員たちのテーブルへ近づいていった。

テーブル上の皿には、直方体に切った羊羹が二切れずつ盛りつけられている。

「ほほう、これは」

審査員のひとりが眼鏡のフレームに触れた。「羊羹だが、表面がずいぶんと白い」

「薄く雪をまとったようだ。かなり糖化させていますな」

隣の審査員がうなずく。その先の言葉が紡がれる前に剣一は口を開いた。

「我々の店の看板商品――独自の間宮羊羹です。食べてみてください」

「ふむ。では」

「いただきましょう」

三名の審査員はうなずき合うと、黒文字楊枝（ようじ）で切った羊羹の欠片を口へ運んだ。

しゃりっ――。彼らの歯が破る糖衣の音が、剣一の耳には聞こえた気がする。

「これはうまい！」

審査員のひとりが頰をぱっと綻ばせた。

「表面で結晶化した砂糖の心地いい歯ざわりと、その内側で、やや硬めに仕上げられた煉羊羹の食感が絶妙に合っている！」

もうひとりが、うむとうなずいた。

「最初は、さくっと。中の羊羹はねっちりもっちり。これは楽しい！」

「いやぁ、いい出来だ。食感の項目は間違いなく八点以上でしょうな」

よしっ――。手応えを感じて剣一は説明に移る。

「我々の間宮羊羹は、軍隊羊羹のレシピをもとにしています。戦時中、海軍に羊羹を提供していた店といえば鳳凰堂が有名ですが、羊羹の町として知られる佐賀県の小城の店なども納めていました。この間宮羊羹は本来のレシピに、小城の羊羹の特徴も取り入れているところがポイントです」

江戸時代、長崎街道を通じて多量の砂糖が入ってきたのを契機に製菓業が盛んになった佐賀県は、かつて菓子文化の要所でもあったのだという。江崎グリコや森永製菓の創業者が、佐賀県出身なのも偶然ではないのかもしれない。

　実際、今でも佐賀県には登録有形文化財の羊羹資料館があって、愛好家にとっては魅力たっぷりの楽園だ。そしてそれらと自分たちの和菓子を、海軍の羊羹というキーワードを通じて連結させる――。

　剣一たちの間宮羊羹の主眼はそこにあった。剣一が語り終えると、

「いやはや、発想もユニークですな」

　審査員が感嘆の声を洩らすと、もうひとりが「まさしく！」と相槌を打った。

「歯ざわりが気持ちよく、味はずしんと濃厚で、歴史的な背景も味わいに深みを与えている。素晴らしい商品を作ったものです」

「ありがとうございます！」

　剣一はお辞儀した。そして審査員たちが手元の用紙に点数を書き込んでいく。

「それでは次に鳳城葵チーム、お願いします」

　進行役が言うと、剣一たちと入れ替わるように、鳳城葵と栗田仁が前に出てきた。

　今度は、黄色のきな粉で包まれたおはぎの載った皿がテーブルに並べられる。

「実際に手を動かして作ったのは栗田さんですからね。紹介は栗田さんで」

　葵が言うと、栗田は「ん、わかった」と答えて審査員たちに顔を向けた。

「俺たちが作ったのは、おはぎです。どうぞ召し上がってください」栗田が言った。

「ふむ。おはぎの季節にはまだ少し早いが……」

「見るからに香ばしい、きな粉のおはぎですな。まずはいただきましょう」

審査員たちが皿の上の大きなおはぎを、黒文字楊枝で一口サイズに切っていく。

その光景を前に、おはぎか、と剣一は考えを巡らせた。

——なぜだろう？　こちらが間宮羊羹を作ると告げた以上、怖じ気づいて同じ羊羹での勝負を避けるのはわかる。しかし、なぜおはぎになるのか？

おはぎと羊羹では——言い方は悪いが、和菓子としての格調の高さが違う。おはぎは確かに旨いし、剣一も好きだ。だがこの審査では美しさも評価項目。あえてそこで不利になりそうなものを選ばなくても。

だが事態は、剣一の思考とはまるで異なる方向へ展開した。

「こ、これはっ！」

おはぎを食べた審査員の目の中で、驚きの色が弾ける。

「なんだこれは？　こんなに旨いおはぎは食べたことがない！」

ざわつく審査員たちに、栗田が不敵な微笑みを向けた。

「俺たちが作ったのは、ただのおはぎじゃありません。山本菓子店の間宮羊羹になぞらえるなら——海軍餅菓子『隼鷹(じゅんよう)おはぎ』」

「隼鷹おはぎだって？」

審査員以上に剣一は驚愕した。——俺たちと同じ軍隊和菓子を作ったというのか？

「間宮の他にも、呉が母港の艦は沢山ありました。隼鷹もそのひとつです」

葵さんの話の受け売りになるけど、と栗田が呟いて続けた。

「隼鷹は空母……航空母艦ですから、多くの戦闘機を搭載して発着させました。それらの航空兵には疲労回復の航空増加食として、甘いものが与えられたんです。それはもう大きくて、美味しいおはぎだったそうですよ」

「飛行機乗りは今も昔も大変なお仕事ですからねー。甘いもので元気をつけないと」

葵が両手をふわりと合わせ、栗田がうなずいて続けた。

「俺たちの隼鷹おはぎは、基本的に当時のレシピをもとにしています。材料はもち米に普通の米、それから小豆と砂糖ときな粉——。今回きな粉が多めなのは、甘味とのバランスを取るためです。さらに独自のイメージによる工夫を加えました。おはぎの中に詰まった餡です」

「……この塩のよく効いた餡だね？」

審査員がきな粉を口の周りにつけて言った。もうひとりが、しかりと首肯する。

「ほくほくしていて小豆のうま味たっぷりなのに、なんだろう……。この塩の風味からは遠い南国の海の気配を感じる。そう――まるで常夏の海の塩だ。なんだか船に乗り込んだようだよ。それでいてもち米の日本的でしっとりした甘味とも、よく合っている。こんなに旨い餡を食べたのは初めてだ」

どの審査員もご満悦だった。あの塩を使いましたからね――という栗田の呟きは、剣一の耳を素通りする。衝撃に打たれていたからだ。なんてやつらだと思った。

――連中は真っ向勝負を避けたわけじゃない。その逆だ。海軍の和菓子という我々の領域に真正面からやってきた。正真正銘の勇士じゃないか。他にも得意な和菓子は沢山あっただろうに、危険を冒して俺たちの得意分野で――。

「すみません、俺にもそれを一口っ！」

気づいたときには剣一は衝動的に、審査員たちのテーブルへ駆け寄っていた。

「おお、いいとも。お食べなさい。予備の分がまだあるから」

眼鏡の審査員が剣一におはぎの皿を差し出す。菓子楊枝を使うのもまどろこしく、剣一はそれを手摑みで口に放り込んだ。そして大きく目を見開く。

――なんと！

ふわっと口に広がる、深煎りのきな粉の風味。

その大豆の香ばしさの中で、つぶの残る柔らかいもち米を噛むと、すぐに中のほこほこした素朴な食感の小豆餡に歯が当たった。

そして舌の上に、優しい甘味と淡い塩味がほっくりと溢れ出す——。

旨い。でもこの塩味はなんだろう？ どういう種類の塩なのか剣一にはわからなかった。わからないが、なぜか懐かしい気分になった。遠い日の夏休みの浜辺を思い出す海の塩味だ。それを引き金に、剣一の胸に様々な記憶が万華鏡のように甦る。

思い出すなあ。

小さい頃よく食べたっけ、おはぎ。

秋のお彼岸に母さんが作ってくれた。もちもちしていて甘くて、すごく美味しかった。弟の剣二と競い合うようにして食べたものだ。急がなくてもまだまだあるから、と母さんは笑っていた。そんなことが昔、確かにあった——。

やがて剣一はおはぎを食べ終わると「どうもありがとうございました」と一礼して弟のいる場所に戻った。

「兄さん……？」

剣二が怪訝そうに声をかけてくる。

「今はなにも言うな」

剣一は言葉少なにかぶりを振った。

そして審査員がおはぎの採点を終える。剣一たちの間宮羊羹と比較すると、優劣はすぐについたようだった。

「それでは審査の結果をお伝えします」

結果を聞いた進行役がマイクを握り、剣一たちと鳳城葵チームの間に立った。

「ジャッジ三名——鳳城葵チーム、鳳城葵チーム、鳳城葵チーム！　3対0で鳳城葵チームの勝利です！」

進行役が葵と栗田の手を取り、天に高々と突き上げさせる。

うおおおっと客席のあちこちから割れるような歓声があがった。

眼鏡の審査員がひとつ咳払いして口を開く。

「山本剣一チームの間宮羊羹は素晴らしい出来でした。だが、あえて言うなら甘味が強すぎた。表面の糖衣が甘く、その内側の羊羹がやや硬め——。傾向として、硬いものは柔らかいものより砂糖が多く必要になります。柔らかいものの方が舌の上に甘味を広げやすいからです。美味しさは調和が織りなすもの。甘くなければ美味しくないが、甘すぎてもいかがなものかと」

隣の審査員が話を引き取るように続ける。

「その点、鳳城葵チームのおはぎは柔らかく食べやすく、全体構成にも工夫がありました。砂糖は控えめなのに、塩で甘味を引き立たせている。香ばしいきな粉と、もち米の歯応えも活かし、素朴ながらも重層的な味と食感の世界を作り出しました」

「よって鳳城葵チームのおはぎを高く評価しました！　以上になります」

最後の審査員が解説を締めくくった。

敗北した剣一は、自分でも意外なくらい落ち着いていた。――同感だったからだ。

じつは先程、隼鷹おはぎを食べさせてもらった瞬間、わかっていた。

閃きや考え方の問題ではない。自分たちの和菓子は美味しさの根本を支える地力の部分で、鳳城葵のチームに負けていた。職人仕事の基礎の基礎――小豆の煮方や、もち米の扱い方、丁寧な仕上げの技術など、華やかさとは無縁のところ。泥臭い地道な鍛錬を必要とする部分で彼らは勝っていたのだ。

「完敗だな」

剣一がそう呟き、悲嘆に暮れる剣二の肩に手を置いていると、やがて鳳城葵と栗田仁が近づいてきた。なにをする気だろうと思っていると、ふたりは自分たちの前で、

「――ありがとうございました」

試合後の高校球児のように行儀よくそう言って会釈する。

さすがに虚をつかれた。予想もしない行為になんだか邪気が抜けてしまった。

なにを言ったものか剣一が迷っていると、弟の剣二がすっと前に出る。

「なあ……。ひとつ訊いてもいいか？」

「なんでしょう？」

話しかけられた葵が柔和に応対した。

「こんな土壇場で、なぜ海軍のおはぎを？　あれは最初から考えていたものじゃないだろう。やっぱり俺たちと同じ分野で、完膚なきまでに打ち負かすためか？」

真剣な表情で問いかける剣二に、

「そうです、と答えたら面白そうですが、違います」と葵は答えた。

「どこが違う？」

「あれはわたしなりに、現実に立ち向かうすべを模索してたんです」

葵のその言葉の意味が、剣二には理解できなかったらしい。剣一もそうだった。

「つまり？」

困惑する弟の代わりに今度は剣一が尋ねた。「どういうことですか？」

「えーとですね……。おふたりとも試合前に控え室に来て、思いの丈を聞かせてくれたでしょう？　わたしあの話を聞いて、ああ、この人たち本気なんだなって深く考えさせられたんです。そして、なんとかしたくて自分なりに知恵を絞ったんです」

　まさかその件が俎上にのぼるとは思わずに、剣一は赤面する。葵が続けた。

「わたしは人が大事なもののために闘うことを、基本的には尊い行為だと思ってますけど、そうじゃない別な解決方法もあるんじゃないかって、つねづね考えてるんです。その答えはまだ模索中なんですけども……」

　葵が一生懸命に言葉を重ねる。

「でもやっぱり、頑張ってる人には報われてほしいじゃないですか。敵味方関係なくうまくいってほしいじゃないですか。だから、あなたたちの助けになるかもしれない和菓子を作らせて頂いたんです。できれば――もしもよかったらでいいんですけど、この隼鷹おはぎも山本菓子店のために役立ててくれませんか？」

　そのためだったのかよ――。

　剣一は横面を強く張られたような思いだった。俺たちの助けになる品を――。そのために敗北と紙一重のリスクを負い、練習なしで海軍のおはぎを作ったというのか。

　いくら葵のこちらを助けたいという思いが純粋でも、それだけでは剣一は差し伸べられた手を取らなかった。関わりがないからだ。性格的にどうしても、単なる他人の施しを受けるのは気が引ける。志賀直哉の『小僧の神様』みたいな真似をされても困るのだ。葵もその点を危惧したからこそ、あえてこちらの領域に踏み込み、ぎりぎりの真剣勝負をして、精神の深い部分でつながりを持とうとしたのだろう。

なんという連中だ——。剣一は心底驚嘆し、しみじみと考える。

世の中には様々な強さがある。腕力勝負の強さもあれば、逆境で諦めない心の強さもあるし、自分の信念を貫き通す意志の強さもある。

そして、じつは優しさもそのひとつに含まれるんじゃないだろうか？

だってそうだろう。優しさをこの世に出現させ、形にする力が強さでなくてなんなのか。人を幸せにするその力こそ、万人が真に欲してやまないものではないか。

「——鳳城葵は強い」

剣一が無意識にぽつりとこぼすと、葵は面食らったように数回まばたきした。

「まあまあ、気が向いたらでいいので隼鷹おはぎの件、考えてみてください。他にも鳳凰堂には戦時中の和菓子の資料があります。いつでも製法の相談に乗りますから」

「……感謝します」

剣一は感じ入った。「おはぎの件、ご厚意に甘えさせて頂きます」

そして剣一は弟に声をかけると、ふたり揃って深々と頭を下げる。

「このたびはご迷惑をおかけしました。そして——ありがとうございました！」

「いえいえー」

葵が照れたように片手を胸の前で振り、言葉をつぐ。

「努力は必ずしも報われるとは限りませんけど、わたしは努力する人が素敵だと思いますし、尊敬します。どうかこれからも格好いいところを見せ続けてください」

真心のこもった葵の言葉に、剣一と剣二はわっと涙した。両目から溢れる清らかな流れが、今まで溜まっていた淀みを浄化してくれるようだった。

そしてふと、俺たちのしてきたことは、しっかり実を結んだのだと剣一は悟った。

＊

沸き立つ観衆が見守る中、『第二試合、鳳城葵チームの勝利』という文字がコロシアムの大型ディスプレイに派手に映し出された。

なんとか勝てたな——。栗田はふうっと吐息を洩らす。

試合前に葵から「栗田さん。こういうものって作れますか?」と例の隼鷹おはぎを提示されたときは焦ったが、葵の助言もあってうまく作れた。結果的に勝利を収め、いい形で山本兄弟にも力を貸すことができそうだ。まさに順風満帆——。

と、喜びに浸っていられる余裕はなかった。

葵と山本兄弟が話し合う最中、栗田は見てしまったのだ。大型ディスプレイに表示された他のチームの試合結果を。

八試合が並行して行われたから、既にいくつか審査が終わっていて、第三試合は林伊豆奈チーム、第四試合は月村望チーム、第五試合は我那覇巧チームが勝っていた。

そして第一試合——藤原薫チームと柳才華チームは、予想外の結果だったのだ。

午前の部の試合を終えたチームは、そのまま休憩時間になる。栗田は葵を促して、控え室へ走った。

「藤原！」

栗田がドアを開けると、奥のソファに仰向けで寝ている藤原薫の姿が目に入った。

薫の相棒として試合に出た初老の和菓子職人、柏木が心配そうに彼を眺めている。

「……眠ってるんですか？」

葵が小声で尋ねると、柏木がこちらを向いてうなずく。

藤原薫チームの控え室だ。栗田は第一試合は薫たちの圧勝だと思い込んでいたが、大番狂わせが起きた。柳才華チームが勝ったのだ。しかも、かなりの点差をつけて。

スマートフォンでネットを見ると案の定、大騒ぎになっている。薫はファンが多かったらしく、炎上に近い荒れ具合だった。

「なにがあったんですか？」栗田は訊いた。

とは言っても、概要はリプレイ映像を観たから既に知っている。

最初のくじ引きで薫が「指定」を引き、題材を「なんでもよし」と指定した。自信家の彼らしい選択だ。そして薫はこの大会のために準備してきた椿餅を作り、柳才華チームは和の材料で構成し直した中華風和菓子――中に水飴の餡を仕込んだ牛舌餅というものをこしらえた。誰もが薫たちの勝利を疑わなかった。ところが予想は外れ、三名の審査員はこぞって柳才華チームの勝利を告げる。僅差ではなく、合計で五十点近い差をつけられたらしい。こうして薫たちは初戦で敗退したのだ。

「私の責任です」

柏木の声は震えていた。「私が迂闊(うかつ)だったせいで、若が……」

「どんなトラブルが起きたんです？」

栗田の問いに、葵が下唇をきゅっと嚙んだ。「おそらく藤原さんが今こうして眠っていることと関係があるのでしょう。そうですよね？」

「ええ」

柏木は顔を強ばらせて、こんな話を始めた——。

第一試合の途中まで、薫と柏木は極めて順調に椿餅を作っていた。しかし始まって三十分ほど経った頃だろうか。薫が手を止め、しきりに首を左右に振るようになる。

「なんや……頭がぼうっとする」

「若、体調が？」

「いや、いい。かまへん」

そうは言ったが、じつのところ薫はずっと我慢していたようだ。そして一時間を過ぎる頃には、ついに限界に達した。薫はふらつきながら何度もまばたきを繰り返す。

「あかん、眠くて立ってられへん。これは普通の眠気ちゃう。——やられたわ」

薫は柏木に耳打ちした。「試合前に一服盛られた。たぶん、睡眠薬の強力なやつ」

「馬鹿な！　どうやって？」

「……覚えてるか？　試合前に柳才華が僕らの控え室に来たやろ？　あのとき、急に部屋の奥のロッカーから妙な音がしたけど、あれじつは陽動やったんちゃうか。タネはわからんけど、注意を引きつけて、その隙に僕らが飲んでた宇治茶に」

「あ！」

あのふざけた問答の裏には、そんな意味が——。

柏木は歯噛みするが、あとの祭りだ。生放送というイベントの性質上、この勝負は途中で止められない。だが睡魔に負けた薫がこの場で昏倒したりしたら――。

実際、柳才華はそんな勝ち方を狙ったのではないか？

和菓子職人が製菓中に眠りこけて敗退するなんて、まさに大恥。皆に後ろ指を指される大失態だ。それを生で全国放送されては、心に深い傷を負って再起不能になるかもしれない。柏木は心配で浮き足立ったが、薫は踏みとどまった。

「なんや、これくらい。卑劣な策なんかに――」

気位が高い薫が珍しく感情を剝き出しにして肩をいからせる。

「――負けてたまるか！」

落ちかけていた薫の瞼が突然上がった。切れ長の目も大きく見開かれた。

「さぁ柏木。ペースは遅れ気味や。急ごう」

「はい、若っ」

その後の薫が眠気を訴えることはなく、最後まで毅然と立って作業し続けた。

だが製菓のための二時間が終了したとき、はたと柏木は気づく。

――若の唇に血が。

なぜ今まで見逃していたのだろう？　薫が起きていられたのは単に気合を入れたか

らではなかった。薫は己の頬の内側の肉をちぎれるほど強く噛み、その痛みで覚醒し続けていたのだった。見せないようにしていたが、口の中は血だらけ。だから椿餅の味も台無しだった。血の味が邪魔して、本来なら究極に近い洗練された美味しさを作り出せるはずだったが、平凡なものに成り果てていた。事情を知らない審査員も試食時には幻滅していたようだった。

負けた薫は、それでもなんとか自分の足で控え室まで戻ってくる。そしてソファに辿り着くと、倒れ込むように寝入ってしまったのだ——と柏木は話を結んだ。

「……ちょっと見てもらえますか」

ふいに柏木が自分の右手を、すっと栗田たちに差し出す。

見ると、柏木の厚い手のひらの中央には、小さくて透明な玉が載せられていた。直径は五ミリ程度で、パチンコ玉よりずっと小さい。だが硬い。

「なんですか、この透明なの？」栗田は当惑した。

「部屋の隅に落ちているのをたまたま見つけたんです。たぶん中国の暗器を改良したものじゃないかと」

「暗器？」

「隠し持てる小さな武器のことです。指の間に挟んで、弾いて飛ばすものがあるのだとネットで調べました。柳才華は見えないこれをロッカーにぶつけて異音を出し、隙をついたのでしょう。私のことなど眼中になく、若のお茶だけに睡眠薬を」

湯呑みは証拠隠滅のためか室内から消えていました、と柏木が無念そうに顔を歪めて言い、さすがに栗田も呆然とする。

「マジか。そんなことまで……」

「暗器も強い睡眠薬も、本来は和菓子職人とは無縁のものです。柳才華は裏でなにか普通ではない仕事にも関わっているのではないでしょうか？」

そういえば前に横浜の中華街に行ったとき、柳才華は〝中華菓子の名探偵〟と一部で呼ばれていると聞いたのを栗田は思い出した。胡散臭い人物だが、実際に後ろ暗い稼業でも大活躍しているのだろう。その関係で怪しい武器や薬も手に入るわけだ。

そのとき、ふいに控え室のドアが勢いよく開く。

「薫！」

切羽詰まった声をあげ、慌ただしく室内に駆け込んできたのは、藤原幸臣だった。京都の和菓子メーカー、常磐屋吉房の執行役員で、薫の兄だ。

幸臣はソファの前まで来ると、眠っている弟の間近に顔を寄せる。

「薫、薫っ……」

観客席から弟の様子を見て心配していたのだろう。幸臣はしばらく薫の様子を確認していたが、ひとまずは無事だと判断したらしい。ひとつ深呼吸して振り返った。

「柏木さん。あなたという人がついていながら、なんという体たらくだ」

いつも朗らかな幸臣が初めて見せる、別人のように厳しい顔だった。怒り心頭だ。

「申し訳ございません」

柏木が顔面蒼白で謝罪する。「どうも試合前に睡眠薬を盛られたようで」

「……なに？」

幸臣が目を剝き、その後、憤怒の形相でぎりぎりと歯嚙みする。

「道理で妙だと思った。あいつら、よくも弟に卑劣な真似を……。絶対許さん。宇都木さんに直談判して試合はノーコンテストにしてもらう。柏木さんは薫を病院へ。私は訴訟のために顧問弁護士にも連絡を――」

「……あかん」

ふいにソファで寝ていた薫が弱々しい声を出した。「そらやめて、兄さん」

「気がついたのか、薫！」緊迫していた幸臣の表情がほどけた。

「さっきから……目は覚めてた」

そう口にする薫は、依然として瞼を閉じたままだった。「目は覚めてたけど、現実を見とうなかった。直視できへんかった」

「薫？」

「――恥ずかしくて」

瞼を閉じた薫の目尻から涙がこぼれ落ちる。皆が衝撃で絶句した。

「うぬぼれてた。真剣勝負の世界はなんでもあり。こんな手ぇ使ってくるやつがいることくらい、よう考えたら当然やのに……。天才とか俊英とか持ち上げられて、勝負以前の段階で負けてしまった。――これほど無様なことがあるやろうか？」

「薫……」

慢心していた、と薫は掠れた声で呻いた。

「今はただ、驕ってた心を省みるだけ。自分が恥ずかしい……。だから兄さん、この件は騒ぎ立てないで。僕は今日、勉強したんや。なかったことにはしたくない。心に刻みつけて必ず今後の糧にする。そうせなあかん」

そう言って細身の体を震わせる薫に、幸臣がそっと身を寄せて語りかける。

「――薫、お前はすごいな」

幸臣の声には誤魔化しではない圧倒的な実感がこもっていた。「本当にすごい。この状況で自分を戒めることができるなんて――それができるのは真の強者だけだ。とてもじゃないが、ぼくにはできない。お前の勇気と強さを兄として誇りに思う」

「兄さん」

「この件、お前の望む通りにしよう。そうする意義のある傷痕になるのだろうから」

「……おおきに、兄さん」

ようやく瞼を開いた薫がくしゃりと破顔して、幸臣はうんうんと首を振る。柏木は低くうなるような声をあげて手の甲で目をこすっている。

やがて幸臣が後ろにいる栗田たちに顔を向けた。その表情は存外、穏やかだ。

「栗田さん、葵さん。すみませんが、あとは我々だけにしてくれませんか？　ぼかぁ話をしたいんです。こんなときだからこそ、ゆっくりと水入らずで――」

その要求を断る理由はなかった。栗田は葵と連れ立って控え室を出た。


栗田と葵は言葉もなく廊下を歩く。

栗田は無言でいるしかなかった。口を開いたら、自分でも想像がつかない強い言葉が飛び出してしまいそうだ。それくらい怒りで頭が煮えたぎっていた。

――藤原とは約束をしてたのに。

葵と京都に行ったときのこと、帰りに駅まで見送りに来てくれた薫と大会で勝負する約束をした。あの件を薫が忘れているはずがなく、きっとこちらとの対戦も視野に入れて技術を磨いてきたに違いない。それがこんな結末を迎えるなんて。

踏みにじられた薫の研鑽の日々を思うと、気の毒でならなかった。

栗田たちが無言で廊下を歩いていると、やがて前方の角から、ひとりの女性が現れる。柳才華だった。

「お前！」

栗田は衝動的に彼女へ駆け寄った。

「うわ、なに急にっ？　場外乱闘？」

柳才華はぎょっとしつつも、咄嗟に後退して距離を取る。その身のこなしは荒事への慣れを感じさせた。器用にバックステップしながら彼女は口を開く。

「乱闘なんて、ばれたら即失格じゃないの？　あたし警察に被害届も出すから、店の方も終わりですねぇ？」

栗田は足を止めた。乱闘する気などない。ただ間近で言いたかっただけだ。

「ばれたら即失格はそっちだろうが。白状しろよ。藤原に汚い真似しやがって！」

「汚い？」

柳才華はとぼけた顔で唇に指を当てた。「汚いって、なんのことですかあ？」

——こいつ。

栗田の頭は一瞬、沸騰しかけた。彼女は藤原の心中など一度も想像したことがないのだろう。だから、こんな舐めた態度で誤魔化せるのだ。許せないと思った。

ふいに柳才華は「ははーん？」と自分のあごに手を当てて、邪悪なことでも思いついたかのように白い歯をぎらりと見せて笑顔を作る。

「なるほど。君たちは勝負の場で〝正々堂々〟とか言っちゃうタイプなわけだ。いいですねえ、そういうの。和菓子だけに、甘ーい勝負やってますって感じ？」

笑止、と柳才華は鋭く言った。「きれいも汚いもないんだよ。勝負の世界はなんでもあり。それくらい常識でしょ、この、頭お花畑の甘ったれども！」

「ふざけんな！」

栗田は一蹴した。「甘いのは、お前のおつむの作りだ。俺たちがやってるのは、勝負であって戦争じゃねえ。実際は戦争にもルールがあるけどな。目的が違うんだ」

「目的？」

「そうだよ。和菓子はその美味しさで人を喜ばせたり、和ませるのが目的だろ。そこを競うことに意味があんだよ。じゃあなぜそれを競うのかって問いには、正当にぶつかり合うことで、より新しい美味しさが生まれるかもしれないからって答えがある。人と人の腕比べの中で、より高度なものへの道が開ける——その可能性を探るのが和菓子で勝負する意味だろ。的外れの解釈して、くだらねえ真似してんじゃねえ！」

「へえ」

柳才華が不意打ちでも食らったかのように目をしばたたいた。

「考えもしなかった。無学っぽいのに深いこと言うじゃん。要はヘーゲルの止揚ってやつだね」

「ヘーゲ……なんだって？」栗田は顔をしかめた。

「あとで君の相方にでも聞きなよ。でもさ——結局それは理想論でしょ。世の中って勝てば官軍じゃん。結果よければすべてよしになってるよね？　現実では」

「だからぁ、お前もわかんねえやつだな」

反論しようとすると、葵が栗田の服の袖をつまんで止めた。

「まああ、いいじゃないですかー、栗田さん」

「ん、葵さん」

だけど納得いかねえんだ、と言いかけた栗田は、続く葵の言葉に息を呑んだ。

「どのみち柳才華さんは次の対戦相手です。人の真剣さを虚仮にする行為はわたしも許せませんけど、口で言ってもわからない方っていますからねー。午後の勝負で徹底的に打ち負かして、二度と忘れられないように頭に叩き込んであげましょうよ」

ぶるりと震えを誘う怖い発言をする葵。いつも優しそうなその美貌が、今は完全に真顔だ。普段は多少腹が立っても、困ったような笑顔で温和に抗議するだけなのに。

これは本気で怒っているなと栗田は思う。

だが言われてみれば確かにその通りだった。トーナメントだから午後の部では第一試合に勝ったチームと、第二試合に勝ったチームが闘う。つまり次の相手は柳才華たちだ。今大会における勝負の意味がなんであるのか、本当の強者はどちらか、実際に刃を交え、言葉以外の手段で問いかけるのもいいだろう。

藤原の無念はそのときに晴らす――。栗田は燃えるような視線を柳才華に向ける。

「ふふん。なにやら熱くなっちゃってますが、それもまた手のひらの上ってことで」

柳才華の不遜な余裕は崩れる気配がなかった。

ちんすこう

本選に出ている和菓子職人たちの休憩時間が終わり、午後の部が幕を開けても、会場の盛り上がりは衰える様子を見せなかった。

むしろ逆だ。観客は前にも増して興奮し、沸いている。参加した十六チームが午前の部で一気に八チームまで絞られたからだ。

順当な結果もあれば波乱もあったが、今から始まる試合で、その八チームがさらに半分に減る。泣いても笑っても、勝った四チームだけが明日の準決勝に駒を進めることができるのだ。

午後の部は、次の四試合が同時に行われる。

第一試合　柳才華チーム対鳳城葵チーム
第二試合　林伊豆奈チーム対月村望チーム
第三試合　我那覇巧チーム対白井（しらい）猛（たけし）チーム
第四試合　千本木（せんぼんぎ）周一（しゅういち）チーム対上宮暁チーム

「やっぱ上宮も勝ち抜いてきてるか……。調子どうなんだろうな。もちろん負けられねえとは思ってるだろうけど」

*

栗田はコロシアムの大型ディスプレイに映し出された上宮暁の姿を見て呟いた。昼の休憩時間中に話しに行こうと朝の時点では思っていたのだが、柳才華の一件で頭に来て、失念していたのだった。葵と昼食を摂りながら気分転換して、それでやっと戦況全体をうかがう余裕を取り戻したところだ。

もともと上宮は大会に出る気はなく、友人の弓野有にパートナーとして勝手に登録された。だから本来の名称は弓野有チームだったのだが、本選に出ない者が代表だと観客を混乱させるという主催者の計らいで、特例的に上宮暁チームに名前が変更されたのである。チームと言っても所属しているのは本人ひとりだけだが。

それもこれも本選が始まる少し前に、ある事件が起きたからで――。

――あんなことがなければ今頃、弓野は……。

栗田が調理台の前で眉を曇らせていると、「もしもーし」と前方から声がした。

「なんか自分の世界に入っちゃってますけど、大丈夫？　そんな余裕あるの？」

向かいの調理台から声をかけてきたのは、製菓用のコックコートを着た柳才華だった。ざわざわと波が立つ内面の世界から一挙に現実へ引き戻された栗田は、

「この上なく――うぜえ」

そう言って息を吐いた。「人の心配してる場合か。つーか、俺たちに睡眠薬を盛らなくてよかったのか？　俺が本気で目を光らせてる限りは無理だけどな」

「うわ、自惚れてるぅ。あれは相手が才能溢れる藤原くんだからで、彼の足下にも及ばない君らに、そんなことする意味ないでしょ」

「ああん？」

栗田はいらっとしたが、葵に白衣の袖をくいくい引っ張られて我に返った。柳才華は興ざめしたように「べえ」と舌を出し、今度は自分の相棒に話しかけている。

「……わり。挑発に乗るところだった。サンキュ葵さん」栗田は言った。

「いえいえ、わたしも結構、腹に据えかねてます。でもこの試合には確実に勝たないといけませんから、冷静に。午前の部で勝負した山本さんたちとは事情が違います」

それは言い換えれば、今回は情け容赦なく討ち取るべき敵だということだろう。葵の様子も普段と違い、一見淑やかだが、揺らめく熱波にも似た猛将の気迫を発してい

るのが栗田にはわかる。そう、今から始まるのは和菓子の合戦なのだ。

「勝ちましょうね、栗田さん」見えない長槍でも持っているような表情で葵が言う。

「ああ。藤原のためにも、必ず」

既にコロシアムの中央エリアでは全チームが調理台についている。栗田と葵も小豆や寒天などの材料を手元に確保して、準備を終えた。そして前回と同じく箱を持ったスタッフがやってきて、題材決めが行われる。

今回は柳才華がくじを引き、「創作」と書かれた紙を引いた。両者ともに自分たちの考案した創作和菓子で勝負するという意味だ。

「にはは、これは好都合」

柳才華が人を食った笑みを浮かべた。「あたしたちの勝ち確定ですねぇ」

「ほざいてろ」栗田はひょいと片手を広げる。もう戯言には惑わされない。

「栗田さん、こちらも好都合です。萬歳楽を作りましょう」葵が凛々しく言った。

「ああ――やってみせる」

栗田はきっぱり答えると瞼を閉じ、束の間、黙って精神集中した。

俺には作れる。そして勝つ。そのために試行錯誤してきたのだ。適切なミネラル成分を含む塩が見つからないのが長らくボトルネックになっていたが――。

──あの件があったからな。

先月のことだ。六月十六日の和菓子の日に、主催者の宇都木雅史がマスコミを集めて記者会見を開いた。栗田たちも出席したが、そのときには萬歳楽は未完成だった。

しかしその翌週、ひょんなことから栗田と葵は沖縄に行くことになって──。

そこで見つけたのだ。否、出会ったというべきだろうか？

探し求めていた理想の〝老翁の塩〟に。

──今思えば、まるで夏の夜の夢って感じだったな。

目を閉じた栗田の瞼の裏に、あの日の出来事がまざまざと浮かび上がる。それがふいに泡のように弾けて、色鮮やかに脳裏へ広がった。

＊

「飛行機でも、わりとかかるもんなんだな。さすが常夏の楽園、沖縄。──ま、そう簡単に行き来できたら、本土の寒がりが冬に殺到しちまうもんな」

那覇空港の広々とした通路を歩きながら、栗田は軽口を叩いた。

「やー、常夏と言いますか、季節の移り変わり自体はあるんですけどね。気温がそこまで下がらないから、東京に比べると格段にあったかいんです」

隣を歩く葵が言った。「栗田さんは初めてなんですよね、沖縄」

「そ。だから今わりと興奮してんだよ。炭酸飲料のボトルを振って、ぷしゃーってやりたい気分。やらねえけど。葵さんは何度も来てるんだっけ？」

「そうですねー、会社の人たちの付き添いで時々。なにせ沖縄は食材の宝庫ですから。和菓子職人にとってもそうなんですよ。いわゆる含蜜糖(がんみつとう)——黒糖とか赤糖とか、その原料のサトウキビとか、てんこ盛りですからね」

「そっか。言われてみれば確かにな」

栗田が納得すると、嬉しそうに微笑んで彼女は続ける。

「他にも美味しいものが沖縄にはいっぱい。ソーキそばに、豚足に、ゴーヤーチャンプルーに、ラフテー。それからイラブチャーのお刺身、島豆腐、タコライス——。ねえ栗田さん、用事が済んだら打ち上げに、ぱーっと食べて回りましょうよ」

「お、おう。腹壊さない程度にな」

「小食で知られるわたしになにを仰いますやらー。今朝なんて、ごはんを二杯半しか食べてこなかったんですからね？」

上機嫌で指を左右に振る葵の足取りは、体重が存在しないかのように軽快だ。

今日の彼女は、襟つきの白いシャツワンピースに動きやすそうなスニーカー姿。上品でなおかつ、どこかふわっと軽やかなその佇まいは、夏の砂浜に天使が舞い降りるときはこんな姿だろうと思わせる。

——可愛いんだよな……マジで。

なぜか仏頂面でそんなことを考える栗田は、ミリタリー系の半袖シャツと、細身の黒いパンツ姿だった。両者の印象をたとえるなら北風と太陽だろうか。ともかくふたりは空港の二階へ向かい、外の歩道橋を渡った。

この先に乗り場があるモノレールを使うと、手軽に那覇市内を巡ることができるらしい。多くの名所にアクセスでき、一日乗車券でその日は乗り放題なのだという。

やがて栗田たちは改札を抜けると、モノレールに乗り込んだ。これが楽しい。高い場所を走るから、眼下を車や建物の屋根が次々と流れていく。前方に広がる空は澄んだ水色。浅草の花やしきのローラーコースターに乗っているようだ。

目的地はさほど遠くなかった。もうすぐ着く国際通りの西側にその店はある——。

きっかけは突然だった。六月下旬のある日、栗丸堂に駆け込んできた葵が興奮気味にこう言ったのだ。

「栗田さん栗田さんっ、今っておなか空いてますか？」

「え？」

栗田は面食らった。「別に空いてなくもねえけど。そんなに慌ててどうした？」

「じつは食べてみてほしいものがあるんです。先日、鳳凰堂の従業員が里帰りした際、お土産に買ってきてくれたんですけど」

葵がバッグから紙箱を取り出す。開けると中には個包装された菓子が並んでいた。

「お、珍しい。これ沖縄の菓子だよな。ちんすこうだ」

栗田も前に食べたことがある。商店街の福引で沖縄旅行を当てた知り合いが土産に買ってきてくれたのだ。

「クッキーみたいで旨いんだよな。じゃあ、いただきますか」

そして一口食べた栗田は思わず言葉を失う。――なんだこれは？

昔食べたものとは全然違う。嚙むとさくりと溶けるように砕け、上質な甘味と塩味が舌の上に拡散した。その絶妙な味わい。あまりの美味しさに唾液が次々出て、波打ち際の砂の城のように形をほろほろと崩していく。あっという間に食べてしまった。

どこか海を連想させる心地よい塩の味が、かすかに舌に残っている。

「葵さん、これって」

栗田は呆然として呟いた。「甘味と塩味のバランスがすげえ……。なんなんだ？」

まさに調和。生菓子ではない既製品を食べてそう感じたのは、初めてだった。

「すごいでしょう？ 我那覇菓子店という店の品物です。店自体は昔からあるんですけど、最近主人が代わって以来、いろんなものが劇的に美味しくなったらしくて」

「我那覇？ それどっかで聞いたな」

栗田の心に、ふと引っかかるものがあった。

「こないだの記者会見のときに、そんな苗字（みょうじ）の男がいた気がする。沖縄から来た我那覇巧……だったか？ いや、まさかな。たぶん沖縄だとよくある苗字で──」

「いえ、そのまさかなんですよ」

葵が間髪をいれずに言った。「今までノーマークでしたけど、この我那覇菓子店の新しい店長さんが、本選にも出てる我那覇巧さんなんです。店の公式サイトを調べたら載ってましたし、確かですよ」

「マジで？ そうだったのか」

立て続けに驚かされた。縁というのは不思議なものだ。

だが栗田が本当の意味で驚く羽目になったのは、そのあとだった。

「この新しい店長の我那覇巧さんという人の味覚は――。ひょっとすると、わたしより上かもしれません」

「なに⁉」

栗田の心臓がばくんと強く打つ。それくらい驚いた。「冗談だろ？」

「やー、まだ正確にはわかりませんけど、わたしと同じか、それ以上ではないかと。このちんすこうの甘味と塩味のバランスは、ただ事ではありません。それにこの塩、かなり特殊なものだと思うんです。個人的に思い当たる既存の品がないんですよ」

「ん。それは――なんとなくわかる気がする」

正直、栗田には使われた塩の本当のすごさはわからない。卓越した味覚を持つ葵だから理解できるのだ。しかし普通の美味しさではないことだけは明確にわかった。

「この塩を見つけてる時点で、とんでもない人です。だってこちらはずっと発見できませんでしたからね。ある意味、わたしを遥かに超えています」

「……そりゃどうだろうな。沖縄は遠いし、地の利とか色々と条件も違うだろ」

そもそも我那覇巧とはどんな人物なのか？　葵と同レベルか、より高度な味覚の持ち主がいる――それは製菓の世界を激震させる、尋常ではない事柄に思える。少なくとも栗田の認識では、我那覇巧が一気に大会の優勝戦線の最右翼へ躍り出た。

とはいえ、なぜそれほどの才人が今まで無名だったのか？　疑問は残る。

「というわけで——この我那覇巧さんに使ってる塩を教えてもらいませんか？」

「はああ？」

栗田はつい素っ頓狂な声を出した。「本気か葵さん？　敵に情報を教わんのかよ」

「敵……。んー、まぁ確かにお互いトーナメントを勝ち抜いていけば、二日目に対戦することになりますけども」

敵、なんでしょうか、と葵が黒目を上に向けて呟いた。

「別に恨んだり憎んだりはしていません。ほとんど知らない人だから、逆に好奇心を刺激されるんです。これほど優れた味覚があるわけですし、現状、塩で行き詰まってるわたしたちの萬歳楽——その完成のヒントをくれるかもしれません。もしも塩が手に入ったら、そのまま完成かも？　こういう考え方ってだめでしょうか？」

「……だめではない」

栗田はひとつ深呼吸を挟んだ。「つーか、いい気もしてきた。——そうだよな。確かに対戦相手になり得るやつではあるけど、絶対的な敵ってわけでもないか。製菓業を営む、同じ職人同士だもんな。なんか俺もそいつに興味湧いてきた」

「結構いい体してる男の人でしたよ。背が高くて筋肉もついてて。二の腕ももりっとしてましたし、胸板も厚くてセクシーだったように思います」

「……そういう興味じゃねえから！」

というような話し合いの末、栗田が我那覇巧に電話して、塩の件を訊いてみることになった。葵が必要以上に我那覇巧に興味を持っては困る。

たとえ空振りでも損はしないと思いつつ、栗田はスマートフォンを耳に当てた。

「えっと、自分は東京で栗丸堂という店をやってる栗田仁という者です。全国和菓子職人勝ち抜き戦の参加者で、先日の記者会見にも出ました。じつはお尋ねしたいことがあってお電話したんですが――」

それなりに気を張って電話をかけた。ところが我那覇巧は沖縄的な器の大きさなのか、拍子抜けするほど友好的だった。栗田と葵のことも覚えていて――彼女の「腹を切ります」宣言が印象的だったらしい――快く塩の相談に乗ってくれた。

我那覇巧の話だと、塩が欲しい場合、初回は沖縄に出向く必要があるのだという。特殊なものだけに、人を見て取引するらしい。なにやら事情がありそうだ。

もう大会までの残り期間は少なく、そして萬歳楽はあと一歩のところで未完成。背に腹は代えられない――というわけで、栗田と葵は日帰りの沖縄旅行という暴挙に近い強行軍を敢行したのだった。

道路沿いに連なるヤシの木。南国的な明るい町並み――。エキゾチックな情緒が漂う国際通りの交差点を曲がって、少し歩いた場所に我那覇菓子店はあった。

「ここか」

栗田は年季の入った店構えを眺める。入口の横にはプランターが置かれ、真っ赤なハイビスカスが咲いていた。

「約束の時間には、ちと早いけど……。どうする葵さん？」

「やー、外で待つのはいかがなものかと」

葵が笑顔で眉尻を下げた。「冷房のがんがんに効いた店内で涼みましょうよ」

冷房の件はともかく、確かに外は蒸し暑い。まだ六月だというのに、完全に真夏の空気だ。今からこの調子では八月はどうなるのだろう？

「ま、とりあえず入りますか」

栗田と葵は我那覇菓子店の中へ足を踏み入れる。

店内は落ち着いた雰囲気の木目調で、既に客がずいぶんいた。観光客ではなく、どう見ても地元の人だ。平日の午前中だと考えると、かなり繁盛している。

約束の時間になるまで商品を眺めていようと、栗田と葵は店内をぶらついた。

我那覇菓子店の品揃えは、栗丸堂とずいぶん違う。生菓子ではなく、火を通したものが大半だ。ちんすこうをはじめ、花ぼうる、塩せんべい、サーターアンダーギー。

「美味しそうだけど、いわゆる和菓子って雰囲気でもねえよな。なんで沖縄の菓子って独特なんだろうな。……やっぱ暑さのせいか？」

栗田が呟くと、「あれ、栗田さん、ご存知ありませんでした？　それは歴史上の理由ですよ。昔の沖縄は琉球王国という日本と別の国でしたからね。諸外国との交流の中で、独自の食文化が育まれてきたんです」と葵が答えた。

「琉球な。それは聞いたことある」

栗田はうなずいた。「でも考えてみたら、詳しくは知らねえな。どんななんだ？」

「まー、わたしもお菓子との関わりの範囲で理解してるだけなんですけどね。ざっくり言うと、十五世紀の初頭に尚巴志さんという方が島の勢力を統一して、琉球王国を作りました。これがいわゆる古琉球です」

「ふんふん」

「当時は中国との結びつきが強く、貢ぎ物などをしていたのですが、江戸時代に薩摩藩がやってきてからは徳川幕府に組み込まれます。これが近世琉球です。近世琉球は日本と中国、両方の朝廷に貢ぎ物をしていたという見方が最近は有力みたいですね。そんなこんなでこの時代、島の伝統に日本と中国の文化を取り入れて融合させることで、今日まで続く琉球文化が鮮やかに花開きました。その後、明治時代の廃藩置県で琉球藩から沖縄県に変わるわけです」

「そっか……。そういう経緯だったんだな」

だから異国風なのか、と思う栗田に葵が続ける。

「例えばこのサーターアンダーギーも、中国の開口笑というお菓子が原形だと言われてるんですよ。見た目も製法も似てるんです。ちんすこうも日本と中国のお菓子のいいとこ取りで作られたものだと言われてますし」

多様なものが出会う場所、と葵が言った。「ある意味、沖縄は文化のサラダボウルとも言えるでしょう」

「なるほどね」

だったら未だ知らない新しい塩とも出会えるかもしれない――。栗田たちが小声で話していると、ふいに店の奥から五十代くらいの婦人が現れ、近づいてくる。

「あのう、東京から来た、栗田仁さんと鳳城葵さん？」婦人が訊いた。

「ええ、そうです」栗田は答える。

「わたしは巧の母なんですが――」

なんだろう？　気づくと我那覇巧との約束の時間はとうに過ぎていた。

＊

緑ヶ丘公園は、我那覇菓子店から歩いて数分の場所にあった。細い幹をより合わせたような独特の形の樹木がいくつも生えている。

「わー、立派なガジュマルの木。夜とか、ひそかに動き回ってそうですねー」

葵が楽しそうに声を弾ませる。

「鉢植えのやつなら見たことあるけど――でかいと迫力すごいな、ガジュマル」

やや呆気に取られて栗田は言った。

そこは名前の通り、多くの緑が溢れ、丘のような小高い場所がある公園だった。

先程、我那覇巧の母親から、きっと息子はいつものように緑ヶ丘公園にいるはずだと聞かされた。稽古に熱中し、栗田たちとの約束を失念しているのではないかという話だった。そういう呑気な一面がある人らしい。彼は葵のようにスマートフォンを持っていないらしく、迎えに行くことにしたのだった。

沖縄には城砦(じょうさい)や宗教的な拝所(うがんじゅ)に使われた、グスクという石垣の遺跡が多々ある。そのグスクに似た石の高台をのぼっていくと、丘の頂上にひとりの男の姿があった。

「やっぱりいた。あの人ですねー」葵が言う。

ちょっとよくわからないが、男は緩急織り交ぜた不思議な体操をしていた。なにか特殊なトレーニング、あるいはダンスの練習だろうか？

「あのー。我那覇さん？」

栗田が近づいて声をかけると、彼は振り向いた。その顔には確かに見覚えがある。先日の記者会見でも、公式サイトに掲載された顔写真でも見た。――我那覇巧だ。

「うわっ、ごめん！」

我那覇巧は開口一番、慌てて謝った。「集中してたらすっかり忘れてたよ！　あの約束は今日だったね！　なんくるないさー、なんて言ってる場合じゃないね」

どうも母親が指摘した通り、やや呑気というか、大らかな性格の人らしい。

「や……別にいっすよ。店からも近かったですし。俺は東京から来た栗田仁です」

「わたしは鳳城葵です」葵も挨拶した。

「うん、俺は我那覇巧だよ。よろしく」

歯切れのいい口調の彼は、栗田と同じくらい背が高く、穏やかな容貌で優しそう。

昼の両端が持ち上がり、つねに微笑んでいるような余裕を漂わせた青年だった。

青年といっても、年は二十八歳だと公式サイトには記載されていた。栗田よりずいぶん年上なのだが、童顔のせいで同い年くらいに見える。シャツから覗く体は日に焼けて筋肉質。だが首が長くて手足も長いので、妙にすらりとして見えた。

「日課のナイファンチの稽古をしてたら、集中しすぎてしまったんだ。悪かったね」

「ナイファンチ？」

栗田の知らない単語だった。「今やってた体操のことですか？」

「そうだよ。簡単に言えば——まあ空手の型みたいなものかな」我那覇巧が答える。

「へえ」

そうかと栗田は納得した。言われてみればあれは演武にも似ていた。「空手をやってるんですね」

「そういう君も、なにかやってるんだろう？」

我那覇巧が笑顔のまま、目だけをすっと細める。

「や、俺は別に」まさか昔は喧嘩で負けなしの不良だったなんて言えない。

「いいんだよ。武道を嗜む者なら秘匿することも大切だ。——俺は隠さないけどね」

ティー、と言って我那覇巧は大きな右の拳をぎゅっと丸めてみせた。

「俺がやってるのはそれさ。〝手〟と書いてティーと読む。琉球の古い武術で、空手の源流にあるものだね」

「ティー？」栗田は目をしばたたく。

「そう。この琉球武術のティーに、中国から伝わった拳法が取り入れられて唐手（トウーディー）になった。それがやがて空手に言い換えられて、現在の空手道へ至るようなんだ」

そんな歴史があったのかと栗田は驚く。沖縄に来てから初めて知ることばかりだ。

「俺はね、昔からティーの復興のために道場を開くのが夢だったんだよ。そのためにあちこちの先達に教わって、兄貴の菓子店でも裏方として働きながらお金を貯めていた。まあ鍛錬のために肉体労働ばかり割り振ってもらってたんだけど」

その兄貴が病気で死んじゃったからね——。

我那覇巧が寂しげに、ぽつりとそうこぼした。

「それで弟の俺が店を継いだわけ。といっても、稽古は今でも毎日欠かしていないよ。軽く手合わせしてみる？　これでも俺は試合で一度も負けたことがないんだ」

「やめときますよ」栗田はさらりと言った。

「いいのかい？　君、できるんだろう？」

我那覇巧の双眸（そうぼう）が光った。「俺並みの男と手合わせできる機会は滅多にないよ？」

「俺は和菓子職人なんです」

栗田はきっぱりと断言した。「今、怪我するわけにはいきません」

我那覇巧は軽くカウンターでも受けたような顔で「……なるほど」と口にする。

そんな彼を前に、栗田も膝を打つような思いがしていた。彼が製菓の世界で無名だったのは、基本的に武道の人だったからだ。空手の源流——ティーの道場を開くのが一番の目的で、菓子店の仕事では表に出ようとしなかったためだった。

とはいえ、全国和菓子職人勝ち抜き戦で優勝すれば、莫大な賞金が手に入る。きっとそれを手に入れて、道場開設の資金にするつもりなのだろう。

「わたし並みの味覚と、武道の世界で負けなしの身体能力——ですか」

隣で葵が呟いた。「それは、わたしと栗田さんを合わせたような力を持つということですね……。ある意味、無敵じゃないですか。いよいよ洒落になりません」

深く考え込む様子の葵とは逆に、我那覇巧はけろりと陽気な顔で口を開く。

「まあ、せっかく本土から来てくれたんだ。とりあえず出発しよう。翁のじいちゃんのところへ」

我那覇巧は長い指をぱちんと鳴らした。

例の塩については我那覇巧から事前に電話で概要を聞いていた。

それは地元の製塩職人に作ってもらった、オーダーメイドの塩なのだという。

「翁三郎(さぶろう)――。昔から塩を作ってる職人だよ。ウチナーンチュじゃなくて、もともとは本土の人。あ、ウチナーンチュは沖縄の人って意味ね。若い頃は本土で人生に迷ってたそうなんだけど、人間にとって真に大切なものは塩だと思うようになって、移住してきたらしい。いい塩だから自分が菓子屋をやるなら使いたいって思ってたんだ」

東京から電話した栗田に、沖縄の我那覇巧はそう語ったものだった。

「職人が独自に作ってる塩だったんですか……」

栗田はスマートフォンを持って唸(うな)った。「道理で見つからないわけだ」

「料理とか菓子に合わせるための特注品でね。何十種類も作ってる。〝老翁の塩〟って総称で取引されてるよ。一種のブランド名だね。本土の塩の神話にあやかってるそうだけど、詳しくは知らない」

塩はすべてを浄化する。荒ぶる渦潮の力の顕現という意味みたい、と彼は言った。

「老翁の塩、か」

ひとまず栗田は脳裏に刻んだ。「それは、どうすれば売ってもらえますか？」

「翁のじいちゃんは気に入った相手としか商売しないんだ。ほんの一握りの塩のために、大枚をはたく人が大勢いるからね。好きなようにやってるんだよ」

顔をつないであげるから、まずは会いに来て——と我那覇巧は言ったのだった。

抜けるような青空の下、我那覇巧が運転する今にもエンストしそうな古い車に小一時間ほど揺られて、栗田たちは塩職人の翁が住む浜比嘉島に着いた。

離島だが、長大な橋でつながっていて車で行ける場所だ。

駐車場に着いてすぐ車の外に出て、辺りを見渡すと、近くにプレハブの事務所。その先に三角屋根の巨大なビニールハウスが八棟ほど並んでいた。その雰囲気は科学の実験施設のように仰々しい。噂の塩はあの中で作られているのだろう。

皆で事務所へ向かうと、かりゆしウェア姿の老人が、ちょうど外に出てきて鉢合わせする。日焼けのせいで、七十代か八十代か年齢不詳だ。独特の佇まいだった。

「やあ、翁のじいちゃん」

我那覇巧が朗らかに声をかけると、彼は「おお、巧。申し訳ない！」と言った。

「申し訳ないって、いきなりどうしたの？」

「悪いが、今日は帰ってほしいんだよ。ちょっと塩の取引どころじゃなくなってしまってねえ」

翁老人が自分の頭頂部を撫でた。「すまないとは思う。しかしまあ、今日がだめなら明日がある。明日がだめなら明後日も明明後日もあるだろう。なんくるないさぁ」

「なんくるありますよ！」

栗田は思わず横から口を出した。

「はて」翁老人が首を傾げる。

「……や、突然すみません。でも俺たち、あなたの塩がどうしても必要で、日帰りの予定で東京から来たんです。話は一応、通してもらってるはずですけど」

「はいはい。東京の栗田仁さんと鳳城葵さんね」

翁老人が手を軽く打ち合わせた。「でも、あいにく今はそんな余裕ないんだ。こっちも切羽詰まってるもんで」

ただ事じゃない大事件なんだよ、と翁老人は厳かに顔をしかめる。

「事件って、なにがあったんですか？」葵が翁老人に訊いた。

「人さらい」

「えっ？」

「誘拐事件が起きてるんだ。今、この浜比嘉島で」

多少のことでは動じない栗田も、その発言には肝を潰した。塩が欲しくて交渉に来たのに、予想もしない危険な香りが漂い始める。

「大変なことじゃないですか。どなたがさらわれたんでしょう？」

葵が驚きつつも心配そうに尋ねると、翁老人は思案するような一拍の間を置いた。

「じつは私もさっき話を聞いたばかりでねえ。どうしたものか、正直まだかなり混乱してるんだよ。ここは頭の整理も兼ねて皆さんに話してみるか――」

この製塩所から歩いてまもない場所に、古民家を改装した民宿がある。

夫婦ふたりで営んでいる小さな宿だ。ひとり息子の湯太郎(ゆたろう)は今年で十歳。素直で聞き分けがよく、家族は三人でのんびりと幸せに暮らしていた。

先日、夫が宝くじで五百万円を当てるまでは――。

長らく趣味で購入していたが、なんと当選したのだという。

夫は現金でお金を受け取り、今は家の隠し場所に保管してある。そこは泥棒に入られても絶対にわからない盲点のような場所なのだと、近所でもひそかに評判だった。

近所づきあいが濃い地域だけに、秘密まで半ば筒抜けなのである。

近ごろは夫婦喧嘩が絶えないことまで、だだ漏れだ。これを元手に投資で増やしたいと主張する夫と、民宿を改修したい妻の間で、諍いが絶えない。もとは円満で平和な暮らしが、最近はすっかり紛争状態で、お互いの要求も平行線だった。

そんな状況にある夫婦のもとに今日、驚きの手紙が届く。

つい先程、民宿の郵便受けに、茶色の封筒が半分はみ出して垂れ下がっているのを妻が見つけたのだ。切手が貼られていないから直接投函したらしい。封筒の表にも裏にもなにも書かれておらず、中に入っていた紙には新聞を一文字ずつ切り貼りして、こんな文章が記されていた。

――『息子の湯太郎はあずかった。金を用意しろ。警察に知らせたら命はない』

悪戯だと笑い飛ばすには、新聞を切り貼りしたその文面に迫力がありすぎた。

念のためと思いながら妻が小学校に電話してみると、湯太郎はまだ登校していないと知らされて、にわかに気が動転し始める。

――まさか本当に？　今朝もいつもと同じように学校へ行ったのに……。

とはいえ、ここで騒いだら大騒ぎになってしまう。電話ではなんとか平静を装って誤魔化すと、妻は夫に相談した。

その結果、まずは万が一の事態を避けるという方針になった。

知らせたら湯太郎の命はないと書かれている以上、警察にはまだ連絡しない。だが長生きしていて相応の知恵を備えているであろう、近所の翁老人のもとへ助言を乞いに行った。

翁老人も同じように驚愕したが、手紙には『金を用意しろ』と書いてあるだけで、金額や受け渡し方法の説明がない。これはいずれ第二の連絡が来るのではないか？

そう思った翁老人は、夫婦をいったん民宿に戻らせると、どう対処するべきか考えた。警察に知らせたいのは山々だが、子供の命がかかっている。犯人に知られて取り返しのつかない事態になったら、とても責任が取れない――。

そうやって頭を悩ませていたとき、我那覇巧に連れられて栗田と葵が会いに来たというわけだった。

＊

所変わって。

「お話はよくわかりました」

葵が生真面目な顔でうなずいて続けた。

「それで――誘拐犯の心当たりはあったりするんでしょうか？　というのも、宝くじ当選の件を知ってる人じゃないと、こんなことをしないと思うんです。ご近所の皆さんが知ってるって話でしたけども」

するると湯太郎の父と母が困惑顔を見合わせる。

「……理屈の上では確かにそうでしょう。ただ、うちの事情はみんなに知られてますけど、うちだってみんなのことをよく知ってるんです」

湯太郎の父が、かぶりを振った。「湯太郎を誘拐するなんて――この辺にそんな悪いやつはいません！」

製塩所の近くにある例の民宿だった。栗田と葵と我那覇巧は、扇風機が回る食堂でさんぴん茶を飲みながら湯太郎の両親の話を聞いている。

翁老人から話を聞いたあと、その民宿の今の状況を知りたいと葵が言い出したのだった。栗田もやはり話だけ聞いて「はい、さようなら」と関わりを絶つことはできなかった。そういうわけで翁老人から電話で事情を伝えてもらい、やむを得ない行きがかり上の協力者という形で、今ここにいる。

民宿に客の姿はなく、風通しがよくて静かだった。この時期は週末を除けば、客が来ない日が大半らしい。まもなく訪れる夏が稼ぎ時だそうだ。

だったら客を疑う必要はなさそうだな――と考えて栗田は直後に思い直す。わざわざ誘拐相手のところに宿泊する犯人はいないだろう。他にも近くに宿はある。

とは思ったが、一応尋ねてみることにした。

「今まで宿泊者に宝くじの件を話したことってありますか？　沖縄旅行から帰った客が地元で計画を練って、改めてこっちに来てやったのかも」

栗田の言葉に、湯太郎の父が、まいったなというふうに頬をこする。

「うちの宿はざっくばらんな雰囲気を心がけてますけど、さすがにお客さんにそんなことは言いませんよ」

「ですよね」

「それに――」

湯太郎の父が若干ためらいがちに続ける。「宝くじのお金は今も家に保管してあるんです。万が一のことがあっても困りますから」

そういえばそんな話だったな、と思った栗田は訊いてみることにした。

「ちなみに、なんで現金を家に置いてるんです？　俺だったら銀行に預けた方が安心できるけど……。秘密の場所に隠してあるんですよね？」

「うん、別に深い理由じゃないんですけどね」

湯太郎の父が苦い顔で言葉を切った。

「宝くじが当選して、現金で持ち帰ったときの感覚がこう――すごくてね。忘れられないんです。今までこんな厚い札束に触った経験、なかったんですよ。だからなんだか癖になっちゃって。たまにだけど、夜みんなが寝静まったあと札束を手に持って、重みとか高揚感を味わってるんです」

少し恥ずかしそうに彼は打ち明け、なるほどそういう気分だったかと栗田は思う。

「や、俺にもなんとなくわかる気もします」

ある意味、夢のように突如として舞い込んだ幸運の産物だ。時折そうやって手で触れることで現実だと実感しているのだろう。

まとめると――。

宝くじのお金について知っているのは近所の住民だけ。宿泊客は知らない。

そして近所に子供を誘拐するような悪人はいない。湯太郎の父の話がすべて事実ならそういう話になり、誘拐犯の手がかりも皆無になってしまう。

「わからねえな……。それに犯人も犯人だろ。金を用意してどうさせたいんだ？　説明不足の脅迫状を送ってきやがって」

というのも今の状態では動きようがないのだった。

身代金（みのしろきん）をいくら準備すればいいのか、用意してどう渡せばいいのか？　それを指示しない犯人の意図もよくわからない。あるいはそこになにか意味があるのだろうか？

民宿のチャイムが鳴ったのは、不可解な展開に皆が首をひねっていたときだった。

足早に玄関へ向かうと、入口の前に三輪車に乗った幼い少年がいる。五、六歳というところか。まだ小学校には通っていないようだ。

「どうしたの？　うちになんか用かい？」

湯太郎の父が、やや拍子抜けしたように尋ねると、

「これ」

幼い少年はそう言って、折り畳まれた紙と小さな帽子を差し出した。湯太郎の父が不審げにそれらを受け取り、直後に「あっ！」と驚きの声をあげる。

「湯太郎の帽子だ！」

そう叫んで彼が折り畳まれた紙を慌ただしく開いていくと、第二の脅迫状だった。

一通目と同じように、新聞やチラシを一文字ずつ切り貼りして文章を作っている。

『今日、午後三時に五百万円を持って、シルミチューの浜の鳥居へ来い。警察に知らせたら湯太郎は死ぬ』

栗田は目を大きく見開き、夫妻の顔からは血の気がたちまち引いていった。

＊

その幼い少年の話ではこうだった。

三輪車に乗って遊んでいると、ふいに知らない男に呼び止められて、帽子と手紙をこの民宿に届けてほしいと頼まれた。近所では今まで一度も見たことがない中年男性で、とくに変わった様子はなかった。強いて言うなら、かなり長く無精髭を生やしており、服装は長袖だったという。

少年が帰ったあとの民宿の一室で、今、栗田たちはその件について話し合っていた。

「長袖だからね――」

我那覇巧があごに手を当てて呟いた。「今の季節にしては妙に厚着だ。やっぱり島の住民じゃなくて、本土から来たやつかもしれない」

「そうなんでしょうか……」

湯太郎の母が不安そうな声を出す。

「髭も剃る暇がないみたいだし、逃げてる途中なのかも」我那覇巧が言った。

確かに、あり得ない話じゃないとは栗田も思う。

本土から来た何者かが湯太郎を誘拐した――。その人物はなんらかの手段で宝くじのお金が民宿に隠してあることを前から知っていたのだ。島に住む知り合いから聞いていたのかもしれないし、又聞きかもしれない。そもそも単独犯ではなく複数犯かもしれない――と可能性を挙げ出すと切りがない。

確実なのは今、湯太郎の命が危ういということだ。

「シルミチューの浜というのは？」

葵が我那覇巧に尋ねた。

「近くにある浜辺だよ。シルミチューは神様で、シネリキヨともいう。琉球の創造神の一柱だね。こっちの神道は本土のものとはちょっと違うんだ」

「ははあ」

「拝所には鳥居をくぐって石段を上にのぼって行くんだけど、そこのことだよ」

「どうしてそんな場所を指定したんでしょう？」

葵が不思議そうに頬に手を当てる。

「たぶんだけど――シルミチューの浜には巨大な岩石が周りに沢山あるからね。人を隠したり、隠れたりするのには都合がいいと考えたんじゃないかな？」

我那覇巧が答えた。

「なるほど。じゃあ首謀者にはかなりの土地鑑があるわけですね」

葵が納得したふうにうなずく。

栗田もそれはそう思うが――だったら先程の少年が言及した『近所では今まで一度も見たことがない中年男性』はなんなんだという話になる。

――やっぱ別々なのか？　計画の詳細を考えたのは地理を熟知した近所の人で、それを知った本土の見知らぬ誰かが実行したってことか……？

例えば、と栗田は考えを巡らせる。

宝くじの件をうらやましく思っている近所の人がいたとする。彼は決して悪人ではないが、こんな事件を起こせば身代金を要求できると妄想し、酒に酔った勢いなども手伝って、ネットの匿名掲示板に長々と詳しく書き込んでしまうのだ。

本気ではないから、その人は書き込んだこと自体を翌朝には忘れる。

だが借金取りに追われて逃亡中の誰かが、偶然その掲示板に書かれた情報を目にする。普通なら真に受けたりしない。しかし逃亡犯は金欲しさと平常心を失っていることもあって、どうせならやってしまえと件の誘拐計画の実行に及ぶのだ――。

「って、なんの根拠もない想像じゃねえか。漠然と考えてても仕方ねえ」

栗田は素早く首を横に振った。今はなによりも先に決断するべきことがある。

「どうしますか？　湯太郎くんのこと、警察に連絡するなら注意深く伝えないと」

栗田は湯太郎の両親に尋ねた。

身代金を要求された以上、明確な犯罪だ。しかも話を呑み込むのに時間を費やしたせいで、午後三時までにそれほど時間の猶予があるわけではない。普通なら警察を頼りにしたいところだが、知らせたら湯太郎の命はないという。

ここはもう両親が決断するしかなかった。

湯太郎の父と母は小声で話し合い、すぐに合意に達する。

「警察には連絡しません」湯太郎の父が毅然と言った。

「子供の命が一番大切です」

湯太郎の母にも迷いがなかった。「もしも湯太郎になにかあったら、いくらお金があっても無意味ですよ。今は息子が最優先です！」

ふたりの決意は固いようで、栗田も口を挟めなかった。ここは意志を尊重しよう。

「わかりました。警察には湯太郎くんが無事に帰ってきてから通報しましょう。誘拐犯が逮捕されたら、お金は取り返せますよ」

栗田は励ましを込めて力強く言った。

「そう――ですよね。今お金を持ってきます」

湯太郎の父がいったん席を外し、ややあって茶色い紙袋を抱えて戻ってくる。

栗田が袋の中を覗くと、札束がいくつも入っていた。

「おー……」

これだけ稼ぐためには豆大福を何個作る必要があるか――なんて考えている場合ではない。指定の時刻には一分たりとも遅れるわけにはいかなかった。

「時間も迫ってますからね。急がないと」栗田は軽く促した。

「もちろんです！」

栗田と葵は我那覇巧の車で、そして湯太郎の両親は自家用車で目的地へ向かう。

といっても距離的には大して離れていなかった。どう見積もっても一キロ以内だろう。浜辺の前で車を駐めると、そこからは皆で砂の上を歩き始める。

――しかし、すごいところだな……。

状況にそぐわない素朴な考えが思わず栗田の頭をよぎった。

それくらいシルミチューの浜は美しい場所だった。

どこまでも続くかのような砂の絨毯（じゅうたん）――。透き通る海水も、そこから突き出す数多（あまた）の巨岩も、まるで絵画のようで目を奪われるが、事情も相まってどこか現実離れして見える。しかもここは琉球開闢の神々が住んでいた神聖な場所らしい。栗田はなんだか別世界にでも迷い込んだかのような胡乱な錯覚を起こした。

もちろん湯太郎の両親の気持ちを考えると、呑気な感想など口には出せない。

皆が黙々と砂浜を歩き続け、まもなく脅迫状で指定された鳥居に到着した。

「ここか……」

栗田が低く呟くと、

「そうみたいです。鳥居の形はこちらも同じなんですね」と葵が応じる。

石造りの鳥居の先には、長い石段が上に伸びていた。平日の午後のせいか、辺りには観光客も地元の人も見当たらない。

「まだ来てないのか……。一応、念のために上を見てきます」湯太郎の父が言った。

「あ、だったら俺も」

栗田は湯太郎の父と素早く石段を駆けのぼり、頂上の様子を確かめに行った。

だが、そちらにも誰もいなかった。見渡す限り、どこにも人の姿はなく、この辺りは栗田たちを除けば完全な無人だ。まさに犯人の想定どおりの状況なのだろう。

鳥居の近辺は静まり返っている。

指定の時刻まで、あと十五分弱——。

「お金は私たちだけで渡します。皆さんは少し離れた場所に隠れてもらえますか？」

湯太郎の父が言った。

「ええ、わかってます」

栗田はうなずくと、葵と我那覇巧を連れて、夫妻の姿をさりげなく目視できる茂みに身を潜めた。湯太郎の父は札束の入った紙袋を抱えて、妻とともに石段の一番下に立つ。あとはこうして息を殺して待つだけだ。

――犯人はいつ、どうやって現れるのか？　どこから来るのか？

背の高い草に囲まれて栗田は思考を巡らせるが、閃きは訪れなかった。耳に聞こえてくるのは、ざわざわと揺れる木々の葉の音だけ。それが気持ちを妙に焦らせる。

時間が止まっているわけではない。自然の営みは今この瞬間も粛々と繰り返されている。ただ人々が織りなす特異な状況に変化がないだけなのだ。

――ったく、焦らすんじゃねえよ。来るならさっさと来い。

過ぎゆく一分一秒が途方もなく長く感じ、栗田は心の中で減らず口を叩いた。

ややあって、ついに午後の三時になった。

栗田の心拍数はいつになく上がり、体には汗が滲んでいる。楽観的な我那覇巧もさすがに緊張で顔が強張っていた。葵は下唇を噛んで何事かを思案している。

湯太郎の両親は、いつしかお互いの手を強く握り締めて、今か今かと犯人の到来を待っていた。その姿は理屈抜きに健気（けなげ）で、ふたりの心の結びつきを感じさせる。

しかし――。

「……なんだってんだ？」

やがて栗田は眉をしかめた。

おかしい。指定の時刻を過ぎたのに誘拐犯が一向に現れないのだった。五分過ぎ、十分が経っても状況は変わらない。犯人が現れる気配は今のところ微塵もなかった。

石段の下に並んで立つ湯太郎の両親も、あきらかに不審がっている。

「まさか時間、間違えたわけじゃねえよな――って、ん？」栗田は呟く。

ふいに前方の岩の上でなにかが光った気がしたのだ。

栗田は顔を上げて目を凝らすが、亜熱帯植物の枝葉が、さざ波のように揺れているだけ。気のせいだったのだろうか？

その後も何事も起こらない生殺しのような時間は続いた。

念のために湯太郎の父が石段の上にものぼってみるが、一番下の出発地点を誰も通っていないのだから、人がいるはずもない。

さらに三十分待っても犯人が来る気配はなく、しばらくすると湯太郎の両親が荒い足取りで、栗田たちのもとへ近づいてきた。

「……なにがどうなってるんだっ」

不安と緊張を通り越した湯太郎の父の顔には、今や怒りの色が滲んでいた。「金をよこせと言うから持ってきたのに、来ないなんて——。ふざけてる！」

「湯太郎はどうなったんでしょう……。犯人はなにを考えてるんでしょうか？」

湯太郎の母が心配そうにこぼした。

本当にその通りだと栗田も思う。おそらくは犯人側にトラブルが起きたのだろう。あるいはこちらに不手際があったのか？　状況が摑めないから余計に落ち着かない。

「犯人のやつ、予定が変わったのならスマホに連絡くらい入れてくれよ。これじゃ、こっちも動きようがねえ！」

栗田が舌打ちまじりに言うと、「やー、まさしくそれがキーだったんですよね」と葵が心得顔でうなずいた。

「……葵さん？」

栗田が思わずぽかんとしたのは、葵が既に事態のすべてを見通した様子だったからだ。ここが自宅なら優雅にアフタヌーンティーでも飲み始めそうな表情だった。

「心配しなくても大丈夫ですよ、栗田さん。事件はもう終わったんです。——三時を少し過ぎた辺りで終わっていたようですね」

「終わっていた……?」

過去形?

葵のその言葉にどんな意味があるのか、栗田には皆目見当がつかなかった。

*

それから三十分後。

今や状況もすっかり落ち着いて——。

「先程、栗田さんは言ってましたよね。一通目の脅迫状の意味がわからないって」

葵に水を向けられた栗田は戸惑い気味にうなずいた。

「ああ、確かに言ったな」

——金を用意してどうさせたいんだ? 説明不足の脅迫状を送ってきやがって。

そんなことをぼやいた覚えがあるが、ごく真っ当な感想だろう。一通目の脅迫状には身代金がいくらなのか、どう受け渡すのか、肝心の情報がなにも書かれていなかったのだから。

「あれの意味は事前告知なんです。二通目の脅迫状が届く前に、ご両親に心構えをさせたかったんですよ。子供が誘拐された事実をまずは受け止めてほしかったんです」

「なんでまた……？　そんな必要あるか？」

　栗田はぱちぱちとまばたきした。

「あるんです。それは次の指示もまた脅迫状で行うからです。電話でもスマホのメッセージでもなく、新聞の文字を切り貼りした手紙――。あんな仰々しいもの、すぐには作れませんからね。仮に二通目の脅迫状を最初に送っていたら、事態はこんなにスムーズに運ばなかったでしょう。読んでも戸惑いが先に立って、指定の時刻に間に合わなかった可能性も高いです」

「ん、それはそうかもな……」

「まずは誘拐の情報を突きつけて、学校に確認させて、ショックが引いた頃に具体的な要求をする――。そうやって丁寧に段階を踏んだのは、メッセージの伝達を失敗したくなかったからです。犯人は脅迫状という連絡手段に固執していたから――いえ、固執するしかなかったんですよ。そう考えると犯人の見当もつきますよね？」

「あっ――。そういうことか！」

「連絡手段で一番手っ取り早いのは電話ですけど、それだとすぐに子供だとわかってしまいますから。ボイスチェンジャーで声を変えても、会話の組み立てには年齢差が出ますからねー」

「なるほどな」

新聞の切り貼りの脅迫状という手段そのものが、犯人像を表していたのかと栗田は思い、そして今、目の前で両親に抱きしめられている湯太郎を一瞥する。

湯太郎は泣きべそをかいていた。でも元気だ。怪我ひとつしていない。

ここは湯太郎の両親が営む民宿の一室――。

先程、葵に促されて皆がシルミチューの浜から宿に戻ると、玄関前の廊下に湯太郎が倒れていた。そしてその後は葵が事前に説明したとおりに物事が進んだのである。

こんなふうに――。

「湯太郎！」

母親が駆け寄ると、湯太郎は目をこすって起き上がった。「あれ？　お母さん」

それから首を傾げて彼は続ける。

「変だなあ。なんか今まで知らない男の人に捕まってたんだよ。その人、今から身代金を取りに行くって言って、ぼくに薬を飲ませたんだ。そしたらすぐに眠くなって、気づいたらここにいたんだけど」

あの人やっぱり途中で怖くなってやめたのかな――と不思議そうに言う湯太郎の頬が突然、平手でぱんと叩かれた。

「……下手なお芝居しなくていい！」

湯太郎の母親が叱りつけ、直後に息子をぎゅっと抱きしめる。「あんたがなにをしたのか、葵さんから全部聞いてるから！」

突然のことに湯太郎は硬直し、しばらく無言で母親に抱きしめられていたが――。

「……ごめんなさい」

やがて震える声で謝った。「お父さんお母さん……悪いことしてごめんなさい！」

「湯太郎っ」

今度は父親が腕を大きく広げて、母親の体ごと湯太郎を抱きしめる。

「悪いのはお父さんたちだ……。お母さんと喧嘩ばかりしてて、ごめんな」

その言葉で湯太郎も感極まるものがあったらしく、わっと泣き出す。

そして彼は真相を語り始めたのだ。

すべては自分の企てだったのだと――。

動機はシンプルだ。宝くじで大金を当てて以来、湯太郎の両親の仲は極めて険悪になった。ほとんど紛争状態で毎日が悲しい。だからその原因を取り除こうと考えた。

——なまじお金なんてあるからいけないんだ。家にあるあの大金を、どうにかしてなくしちゃおう！

お金の隠し場所は湯太郎も知っている。

だがこっそり盗み出すわけにはいかない。その場所を知っているのは家族三人だけだ。なくなったら、すぐに自分に疑いが向くだろう。だから今回の計画を立てた。

存在しない犯人と、架空の誘拐事件をでっちあげればいい——。

三輪車に乗ってきた少年は湯太郎の友達である。無精髭の中年男という、いかにも怪しげな男に手紙と帽子を渡されたと言ってほしいと事前に頼んでおいたのだ。成功したらお菓子を沢山あげるとお願いしたおかげか、じつにいいタイミングでいい仕事をしてくれた。

湯太郎の考えでは、そもそも両親は身代金を払わないはずだった。

あんなにお金が好きなのだから、空のバッグや偽の札束などを取引場所に持ってくるに違いない。自分はその隙に誰もいなくなった家に忍び込んで、隠し場所からお金を持ち出して捨ててしまう。家の中を滅茶苦茶に荒らしておけば、両親は取引場所に来なかった誘拐犯に、まんまと出し抜かれたと考えるだろう。

お金の隠し場所――それはごみ箱の中である。

湯太郎の部屋にある縦長のごみ箱だ。汚いから誰も探さない。しかしじつは父親が二重底に改造して、物品を隠せるようにしてある。五百万円の札束は、かなり狭い空間にも収納できるのだった。

ところが湯太郎の予想に反して、両親は身代金を払うことを即決した。

そんな想定をしていなかった湯太郎は大いに困った。

今から新聞を切り貼りして新しい手紙を作る時間はない。仕方なく自転車でシルミチューの浜へ行き、巨岩の上から双眼鏡で両親の様子をこっそり観察していた。

そして、そのとき湯太郎の目的は、当初とは違う形で達成されたのである。

両親がお互いの手を強く握り締めて、身代金の受け渡し場所に立っている姿を湯太郎は見た。その姿には心の結びつきが感じられ、仲の悪い夫婦にはとてもではないが見えなかった。ふたりは息子の命を最優先に考えて、警察にも連絡しなかった。

なんだ……と湯太郎は力が抜ける。

――お父さんとお母さんは、ほんとはすごく仲がいいんじゃないか。ぼくがこんなことする必要なかったんだな。

そう悟った湯太郎は計画を中断し、今回のためにこっそり用意した安物の双眼鏡を捨てて家へ戻った。捨てたのは真相発覚のきっかけになるかもしれないから、念のためだ。あのとき栗田が見た岩の上で光ったものは、双眼鏡の反射だったのだった。

そして今――。

「ま、落ち着くところに落ち着いたって感じか？　結果的には」

身を寄せ合う家族三人の姿を眺めながら、栗田はひとりごちた。

湯太郎は泣きながら謝り、両親もまた反省している。息子をここまで思い詰めさせた自分たちにも大きな問題があったことを認めたのだ。

当分この家で夫婦喧嘩は起こらないだろう。湯太郎の行為は的外れではあっても、しっかり効果があったわけだ。お金は湯太郎の将来のために貯金することになった。

修復された家族仲を横目に眺めつつ、栗田と葵は柔らかな微笑みを交わす。

「やー、親子愛って、ときにとんでもない事件を起こすものです。でも無事に収まってよかったですよ。これでこちらも心置きなく塩の交渉に行けます」

葵がふわっと嬉しそうに目を細め、はたと栗田も気づいた。

「そういやそうだ。もともと俺たち、塩のために来たんだよ。行こう、葵さん！」

栗田と葵と我那覇巧が製塩所へ戻ると、事情を聞いた翁老人はすこぶる感心した。

「ははあ、そんな顛末だったとは……。子供の純真ってのはすごいねえ」

「やー、確かに大人にはできないでしょうね。もともとはお金を全部捨ててしまうつもりだったようですから」

葵が困ったような微笑みを浮かべ、俺にも絶対無理だと栗田はため息をつく。

翁老人は心得顔で、うんうんと首を振った。

「気持ちの大きさってのは途轍もない行動力に直結するんだろうよ。――ま、それは君たちにも似たようなことが言えるか」

一呼吸置いて翁老人は言葉をついだ。

「いいよ。君たちのことが気に入った。うちの塩を使わせてあげよう」

「やったー。助かりますー」

葵が笑顔で手を合わせ、栗田も拳をぐっと握った。「ありがとうございます！」

「よかったじゃないか。それじゃ俺は自分の店のこともあるし、ここらへんで」

我那覇巧はそう言うと、役目を終えたとばかりに口笛を吹きながら帰っていった。

それから栗田たちは、製塩所のビニールハウスの中を翁老人に案内してもらった。

木製の細い柱が立ち並ぶ、古代の神域のような閉鎖空間だった。その至るところに大きな木箱がずらりと並び、中には白みがかった液体が入っている。

「これは――」栗田は呟いた。

「海の水。美しく滋養に富んだ沖縄の海水だよ。それを手作業で攪拌しながら、毎日少しずつ蒸発させていくと塩になる。いわゆる完全天日塩ってやつだねえ」

「太陽の光で自然蒸発ですか……。そりゃ大変だ」

「まあ、数ヶ月はかかる」

翁老人がなんでもないことのように言った。「ただ、加熱しないから豊富なミネラルがそのまま保たれるんだ。いろんな食材に合わせるための混ぜ物もしてるから、その加減を見極めるのも重要だね。――そうそう、お菓子に使う塩も色々と作ってるよ。あんたらは、どんな塩スイーツを作りたいんだっけ？」

「羊羹です」

葵が即座に答えた。「それに合わせる塩をずっと探していて」

「ああ、あるある。羊羹ってのは要するに、あんこと寒天だ。ミネラル成分がぴったり合う塩は必ずあるよ。味見して、好きな塩を持っていきなさい」

「やー、ありがとうございます。本当に、ここまで来た甲斐がありましたよー」

こうして栗田と葵は、塩の味見をしながら八棟のビニールハウスをくまなく巡り、極上の天日塩を手に入れた。他にも海藻を混ぜ込んで作った塩、魚介を浸して作った塩、果物を漬けた塩など、風味のついた変わり種の塩も色々と分けてもらった。

これだけ多様な極上の塩があれば、きっと萬歳楽を完成させられる。

そして日が暮れて。

「——うわあああっ！」

背中に鳥肌が立ったときには遅かった。やってしまった——。気づけば飛行機に乗る時間をとうに過ぎ、栗田たちはその日のうちに帰れなくなってしまったのだった。

＊

「まさか、こんなことになるなんてな……」

風呂から上がり、備えつけの浴衣に着替えた栗田は、窓辺で深呼吸した。

湯太郎の両親が営む宿——その畳敷きの和室だった。

窓の外は夜も更けて、辺りは浅草とは比較にならない静けさ。海も深い眠りにつき、垂れ込める青みがかった夜空には、数え切れない星々が瞬いている。

部屋の中央には、布団が二枚並べて敷いてあった。

葵はまだ風呂から上がってこない。

「……落ち着け」

先程から心臓の鼓動がうるさくて仕方なく、栗田はわざと声に出して言った。とにかく落ち着け——。だが自分の声が頭の中でこだまして、余計に強く意識させられる。火照る顔を左右に振り、栗田はいきさつを思い返した。

帰りの飛行機に乗り遅れたことに気づいた際は、さすがに動転した。どう考えても今日中には帰れない。葵と一緒にパニックになっていると、翁老人が助け船を出してくれた。航空会社に友人がいるとのことで——おそらくは少々無理をして——明日のチケットを確保してくれたのである。

持つべき者は幅広い知己。本当にありがたい。

「今後も長い付き合いになるだろうからねえ。貸しひとつだよ」

翁老人はからからと笑った。

それから栗田と葵は、湯太郎の両親のもとへ再び赴くと、宿泊したい旨を話した。他に客もいないし、なにより事件のお礼がしたいと言われ、快く泊めてもらえる運びとなった。そこまでは問題なかったが——。

男風呂から出た栗田が部屋に戻ると、布団が二枚並べて敷かれていたのだった。

でも、と栗田は改めて思う。

――こうなるよな、やっぱり。

じつは最初、この部屋に案内された際、「シングルの部屋も空いてますよ」と湯太郎の母親にさりげなく提言されたのである。

「いえ、この部屋でお願いします」

栗田より先に葵がきっぱりと答え、その敏捷さに内心押されて黙っていた。

やはり今夜そういうことになるのだろうか。その意思を示したとも受け取れる。葵も望んでいると理解していいのか――本当に？

ただ、いつかは訪れるものではある。

この状況になったのはアクシデントだ。しかし自分たちは交際中の恋人。後ろめたい関係ではない。むしろ喜ぶべきなのかもしれない。世の中にはきっかけが必要なこともあるだろう。だが――しかし。

思考が堂々巡りして答えが定まらなかった。少し違うことを考えることにする。

明日の店のことは中之条と志保に電話で頼んであった。ふたりで開店準備を整えておいてくれるという。

葵も母親の紫と電話で話し、父親には角の立たない説明をしてもらったようだ。紫は聡明な人だから、うまく納得のいく話を考えてくれたことだろう。

栗田が思考に耽っていると襖(ふすま)がすっと開いた。

「はー、いいお湯でした」

頬をかすかに上気させた浴衣姿の葵が部屋に入ってくる。いつも瑞々(みずみず)しい彼女の肌がさらに美しく見えた。

「昼間、暑かったからな。汗とか流せてよかったよ。風呂も意外と広かったし、売店で着替えも買えたし、いい宿だよな」

栗田は心臓が激しく脈打つのを自覚しつつも、平静を装って言った。我ながら当たり障りのないことを口にしていると思いながら。

「あ」

ふいに葵が小さく声を洩らす。その視線は並べて敷かれた布団に向けられていた。

「……えっと」

葵が呟いて口元を手で隠した。そのまま硬直し、石になったかのように動かない。

栗田は窓辺で、葵は部屋の入口で――。

お互いに立ち尽くしたまま、無言の時間が流れる。

ややあって、葵が再び顔をちらりと上げて布団を一瞥した。

でもすぐに赤面し、長い睫毛を伏せてしまう。上機嫌のときは立て板に水のようによく喋る葵が、今は唇を横に引き結んで、とても乗り気であるようには見えなかった。

――やっぱり間違ったよな。

栗田は少し頭が冷えた。

「あのさ、葵さん。今からでも個別の部屋に替えてもらわないか？」

「え、どうしてですか？」

「だって……あれだろ。気持ちの用意できてないだろ、お互いに。もともと日帰りの予定だったんだ。今日は別々の部屋でぐっすり寝て、疲れを取っとかないか？」

「栗田さん」

ふいに葵が強い決意の色が滲む双眸をまっすぐ栗田へ向けた。

「わたしたちは恋人同士なんですよ。個別の部屋に泊まるのは違うと思います」

「ん……」

そうなのだろうか。そうかもしれない。

そして直後に、いや、こういうことに万人共通の答えはないのだと栗田は気づく。

今の葵はそう感じていて、自分はその気持ちを尊重したい。それだけだ。

「じゃあ、こっち来るか？」

栗田は言った。「そこに立ってても、くつろげないだろ」

「ええ――そうですね」

葵が俯きがちに部屋の中央へ近づいてくる。

栗田も彼女に一歩近づいた。

もとより、それほど広い部屋でもない。気づくと栗田は立ったまま、葵の華奢な体を抱きしめていた。

「あ――」

葵が小さく声をあげるが、栗田も内心戸惑っていた。いきなり俺はなにをしているんだ？　目の前の彼女の存在感に魅了されて、体が勝手に動いてしまった。

でも葵は拒絶せずに抱きしめられたままだった。栗田の背中に、遠慮がちに両手を回してくる。

花のような甘く優しい香りに包まれて――。

栗田と葵は手を取り合い、布団の上にそっと身を横たえた。

顔が熱く、心臓が激しく拍動しているが、一方で果てしない心の安らぎを感じてもいた。自分という存在を相手が余すところなく、そのまま認めてくれる。こちらも同じように感じている。なんて嬉しいことなのか。

それはこの世のあらゆる不安や心配が砕け散り、霧のように消えていく感覚――。

ところが幸福な時間は急に中断した。

「……ごめんなさい栗田さん」

「ん、どうした？」

「ここまで来て、あれなんですけど――わたし、やっぱり心の準備が」

えええ、と栗田は驚いた。「マジで？　今になって言うのかよ」

「マジです……」

葵が頬を紅潮させて恥ずかしそうに口元を押さえる。

「でも、さっき――」

「わかってます、わかってます。さっきの言葉はわたしの本音です。だって恋人同士なのに別々の部屋で寝るのは、おかしいですもん。でも、それとこれとは分けて考えるべきじゃないでしょうか？」

理屈っぽいことを言い始めた。

「改めて考えると、やっぱり急だなって。わたしにも一応、夢があるんです。薔薇を浮かべたお風呂に入って、部屋中に薔薇を敷きつめて――」

「棘が刺さりそう！」

栗田は思わず口を挟んだ。「じゃあ、どうすりゃいいわけ？」

「それは、まあ……わたしにもわからないんですけど」

布団の上で、葵が困ったように唇を尖らせる。まいったな、と栗田は思った。

だがある意味、葵らしい。きっと恋人同士はこうあるべきだという固定観念を持っていたのだろう。物腰こそ柔らかいが、葵は根が意外と強情。普段はおっとりしていて他人に合わせるが、自分でこうと決めたことは決して譲らない。それが彼女だ。

泊まるのは同じ部屋がいい。でも、まだ気持ちが追いつかない——。

そういうことなのだろう。

布団の上に横たわり、栗田は葵の顔を見ながら必死に考える。やがて結論が出た。

「——ま、難しく考えることねえか。同じ部屋で普通に過ごせばいい」

「普通に？」

不思議そうに呟く葵に栗田はうなずいた。

「ああ普通に。——別にこういうときはこうしなさいって規則があるわけじゃない。俺たちは俺たちだ。この関係はふたりで作っていくんだからさ」

「栗田さん」

「朝までこうして話して過ごそう」

栗田は言った。「まとまった時間っていうか、こんなときじゃねえと話せないこともあるだろうしな。思い出話とか家族の事情とか、ここだけの秘密とか。あと、俺たちの未来のこととか――」

栗田はそこまで言うと、一瞬迷った末に打ち明けることにする。

「……正直、俺は結婚するまで待つつもりだったんだ。古いよな。今時そんなやついねえよって自分でも思う。でも、けじめとか責任とか色々重大だし」

葵はそれだけ特別な相手だと栗田は思っている。

「どのみち相手が葵さんなら迷いはない。俺はなにがあっても、ずっと一緒にいるって決めてるから」

「……栗田さん」

葵がこれ以上ないくらい顔をぱあっと明るく輝かせた。

「ま、和菓子の大会でぼろ負けして、義和さんに鼻で笑われなきゃの話だけど」

栗田が冗談まじりにそう付け加えると、葵はくすっと可笑しそうに唇を綻ばせる。

「栗田さん、もしかして父のことを天敵みたいに思ってます？」

「や、そんなことはねえけど……」

「大丈夫ですよ。じゃあせっかくの機会ですし、色々お教えしましょう。父の意外な一面とか親しみが湧くところとか」

「嬉しいね」

「えー、ではまず父誕生の話から。父はもともと地方出身です。生まれは北海道ですね。義和という名の由来は、義理人情と和を重んじる子に育ってほしいと――」

「そんな昔から始まんのかよ！」

こうして栗田たちは布団の上で夜通し話をした。それはふたりが重ねてきた日々の中で、最も心の距離が縮まった夜だった。栗田としては本心を伝えることもできた。あとは大会で結果を出すだけ。そしてそのための塩も確保してある――。

やがて朝が来て、栗田と葵はタクシーで那覇空港へ向かう。徹夜明けだが、気分は爽やかだ。未来への大きな希望と淡い不安を胸に、ふたりは東京へ帰ったのだった。

＊

「栗田さん！」

「ん……」

「くーりーたーさんっ！」

呼ばれていることに気づき、栗田ははたと我に返った。

見ると、周りには溢れんばかりの大観衆。目の前には設備の整った調理台がある。

一瞬戸惑ったが、すぐに思い出した。そうだ、ここは有明のコロシアム――。自分は全国和菓子職人勝ち抜き戦に出場中で、今の相手は柳才華チームだった。

「あのー、大丈夫ですか？」

葵が小首を傾げる。「なんか、心がどっかにすっ飛んでたみたいですけども」

「……だな。ちょい精神集中しすぎた。俺、どのくらい固まってた？」

「やー、でもそんなには。せいぜい十数秒というところです」

そんなものかと栗田は驚いた。高めた集中力が脳を高速で回転させ、一瞬のうちにひどく大量の出来事を想起させたらしい。おかげで心も充分に落ち着いた。

「例の塩は、たっぷりありますからねー。遠慮はいらないですよ」

「ああ。じゃあ思い切り作らせてもらうか」

萬歳楽の製法は既に頭に叩き込んであった。「見ててくれ、葵さん！」

「はい！」

葵が力強くうなずき――そして栗田は人数分の小豆を鍋で茹で始めた。

＊

自分は強い。

それを知ったのは、いつのことだったろう？

コロシアムの調理台の前で柳才華は考えている。

いつだったか——。自覚したのは、かなり早い時期だったと記憶している。

そう、小学校のときだ。低学年の頃、クラスの意地悪な男子に目をつけられ、いじめられていた時期がある。別に珍しい話ではない。差別的な人間は世界のどこにでもいて、そんな親と暮らす子供は多かれ少なかれ影響を受けるものだ。

悪口を言われたり、小突かれたり叩かれたり、ずいぶん色々やられた。

だからある日、耐えかねてやり返した。

「——あれ、その程度？」

柳才華は相手の男子に馬乗りになって若干きょとんとした。「君、弱いじゃん」

もともと運動神経がよかった柳才華は、自分が予想した以上に呆気なく相手を制圧できたのだ。こんなに楽なら、もっと早くやっておくのだった。

「二度とあたしに嫌がらせしないでよね」

柳才華がにっと笑い、強烈な平手打ちを顔に連続で見舞うと、彼は泣き出した。そして二度とこちらに手出しすることはなかったのである。

強いことは素晴らしい。勝利はすべてを解決する――。幼い自分は実感した。

初めての自力での成功体験として、それが人生観に少なからず影響を与えたであろうことは否めない。成長に伴って他の能力も開花し、様々な分野で結果を出すことができた。

そんな柳才華にとって強さとは「勝つこと」そのものだ。あるいは勝利という結果をもたらすものが強さ。中身はなんでもいいし、どうだっていい。

真正面から相手に挑んでもいいし、嘘で惑わせても、策略で手玉に取っても、薬物や武器を使っても構わない。この世には本来ルールなんてないのだから。

そんな彼女は、ふと横浜の中華街での出来事を思い出して、苦い微笑を浮かべる。

本当はあのふたりに、もっと楽に勝つ方法はあったのだ――。

鳳城葵と栗田仁。優勝候補の一角だとされる彼らと初めて会った際、すぐに勝ち筋は見えた。だから面と向かって宣告したのだった。

――直接負かした方が楽しいと思って。色々と弱点もわかったからさ。

弱点。それはふたりの仲睦まじさにある。

葵は昔の怪我の影響で右手をうまく使えないから、分業で試合に挑む。葵が構想と味見を担当し、実作業は栗田——。

それは事前に調査済みだった。逆は成立せず、ひとり欠けても機能しない。

だったら両者の間に亀裂を入れれば、チームはすぐに機能不全に陥るじゃないか。

今は画像編集ソフトで写真の加工が簡単にできる。少し手間をかければ動画だって捏造可能だ。浮気写真でも作り、試合前にそれぞれに送ってやればいい。勝負の場でみっともない喧嘩を始めるふたりを、間近で茶化しながら勝つのが最も楽しそうだと考えていた。実際、下準備はしていたのだ。

結果的にそれをしなかったのは予想外の横槍が入ったからである。

「——張間」

第一試合のあと、柳才華はパートナーを睨みつけた。「なぜあんな真似をした?」

張間は柳才華の店で働く菓子職人で、幼馴染の青年だ。冷静で察しがよく、気心の知れた男だと思っていたが、違ったらしい。

それに気づいたのは午前の部で藤原薫チームと対戦しているときだった。試合中、薫の様子があきらかに変だったのだ。彼は眠気を必死にこらえていた。

普通の眠気ではないのだろう。カメラに映らないようにしていたが、頬肉の内側と舌に強く歯を立てているのがわかる。きっと口内は血でいっぱいだ。あれでは菓子など作れまい。もうよせ、試合放棄しろと叫びたくなった。

だが薫はエリートには似合わない鬼気迫る執念を見せた。最後まで己の弱みを見せずに椿餅を完成させた。凡庸な出来だと審査員には酷評されたが、あの状態で凡庸なものを作れること自体が尋常ではない。柳才華はひそかに震えた。

それから控え室に戻り、張間を糾弾したのである。

「張間。あんた、藤原薫に薬物を盛ったでしょ。試合前に会いに行ったときだよね。どうして？」

柳才華は怒りで青ざめながら言った。

「あたしはあのとき、ただからかいに行ったんだ。闘う前に話をして、人となりを感じておきたかったから。それなのに――なんで！」

「お嬢様」

張間が無表情で口を開いた。彼は昔から柳才華をそう呼ぶ。

「私は事前にやつの和菓子について調べていました。側近に金を握らせて情報提供してもらっていたんです。盗み出させて実際に食べました。あれは並大抵のものではなかった。まともに立ち合えば、いくらお嬢様でも勝敗は五分五分だった」

「五分五分……？」

柳才華は思わず目を見張る。遠慮のある物言いに聞こえたからだ。――つまるところ普通に対決すれば、自分は勝てなかった可能性が高いと本音では言いたいのか？

「私はお嬢様を万が一にも敗者にするわけにはいきません」

「なぜだ」

不可解極まりないと柳才華は思った。「なぜそこまで。答えろ張間、どうして！」

「それは――」

無表情だった張間が、そこで初めて苦しげに顔を歪めた。さながら鈍い痛みにでも耐えるかのように口角を下げて黙り込む。出口の見えない長い沈黙がおりた。

「いいさ」

やがて柳才華はすうっと深呼吸して頭を冷やした。

「お前はあたしのことをわかってない。侮ってるよ。今回は小細工なしの勝負を仕掛けるからね」

横槍を入れたら今度こそ許さない、と柳才華は怒気を込めて告げた。「あたしの本当の力をお前に見せてやる。それをもって己の浅はかな行為を恥じるんだ」

「……わかりました」

張間はうなだれてそう答え、柳才華は次の試合では自分の手札で最高のカードを切ることにした。

――和菓子と中華菓子を融合させた創作菓子、『和風開口笑』を作る。

開口笑とは、ころりと丸いドーナツのような中華菓子。油で揚げると割れ目ができ、口を開けて笑っているように見えるから開口笑だ。それを和菓子に変質させる。

柳才華が考える和菓子の核心とはなにか？

理屈と建前を抜きにして剝き出しの本音を語るなら、それは『小豆の餡を美味しく食べさせる菓子』のことだ。小豆餡こそが柳才華の思う和菓子の魅力の本質――。

中国菓子の美点は焼いたり揚げたりして作り出す食感の妙味と、ボリュームのある美味しさだと考えている。油を使うと味とはまた別に満足感を与えやすい。それを活かしつつ、和菓子の美点である小豆餡をたっぷりと仕込む。すると、あんドーナツのように中がしっとりとして、外側の香ばしい食感も引き立ち、魅力が高め合うのだ。

さすれば勝利は間違いなく――。

そのしばらくあと、廊下を歩いているときに栗田仁と鳳城葵に出くわした。

「お前！」

栗田が怒って駆け寄ってきたときは恐怖で一瞬、背筋が凍りつきそうになった。

「――白状しろよ。藤原に汚い真似しやがって！」

栗田はそんなことを言っていた。

誤解している。薬を盛ったのは自分ではない――が、言い訳をする気はなかった。

それをすると自分はパートナーに迷惑をかけられた〝被害者〟になってしまう。

美学の問題だった。

卑怯者だと思われるのは構わない。しかし可哀想な被害者として、同情されるのは御免こうむる。だって格好悪いじゃないか。それなら、むしろ軽蔑された方がいい。一応は張間を守ることにもつながる。これがあたしの美意識だ。歪んでいるかもしれないが、誰にも文句は言わせない。だから――。

「汚い？」

本音を言ってやった。「汚いって、なんのことですかあ？」

案の定、栗田はさらに憤っていたが、柳才華は心の中で盛大に舌を出した。

そして考える。汚くてなにが悪い。結果的に勝てばいいんだ。そうすれば連中も、最後はあたしを認めざるを得ないんだよ――と。

やがて製菓の時間が終わり、両チームの和菓子が完成した。

柳才華は予定通りの和風開口笑を作り、鳳城葵チームは萬歳楽というものをこしらえた。皿に載せたそれらをスタッフが審査員のもとへ運んでいく。

萬歳楽――今のところ柳才華にはその正体がわからなかった。

雅楽に基づく菓銘だと思うが、基本的には塩羊羹のようだ。形は普通の羊羹と同じで、食べやすいように薄く切ってある。色は黒ではなく濃い灰色。切った断面の中心に近づくほど色が黒っぽくなり、そこに淡い緑色が見え隠れする。

――ま、白黒よりも少しは色彩があった方が奥行きが出るからね。萬歳楽といえば鳳凰だ。赤系のイメージがあるけど、それだと紅羊羹と重なるし、あえて渋い色にしたんでしょ。わかりやすいイメージを打ち出すことで失われるものもある……。

味まで単純な受け取り方をされるのを避けたのだろう、と柳才華は考える。

「それでは柳才華チームからお願いします！」

進行役に促され、柳才華と張間は審査員たちの前へ出て行った。

「あたしたちの作品は和風開口笑といいまして、和菓子と中華菓子の複合体です」

「ほほう」

審査員が興味深そうに眼鏡のフレームを上げた。柳才華は続ける。

「開口笑というのは中国の揚げ菓子で、琉球に伝わってサーターアンダーギーの原形になったとも言われています。それを和菓子の美味しさを持つように生まれ変わらせました。外がかりかりしたドーナツみたいな生地の中に、大納言小豆で作った極上の餡をたっぷり詰めてあるんですよ。まぁ、笑ってるみたいに割れてはいませんが、口に含めば笑顔の花が咲くってことで。どうぞ食べてみてください」

「ふむ、それでは」

審査員たちが試食を始めた。

そして「こ、これはっ？」「素晴らしい」「まさに新食感だ！」と口々に感嘆の声を洩らす。このタイプの菓子を食べた経験がなかったのだろう。

手応えあり――。柳才華は勝利の予感にほくそ笑んだ。彼らの感想を聞きながら、いい気分をたっぷりと堪能する。

「それでは次に鳳城葵チーム、どうぞ！」

進行役が言い放ち、今度は鳳城葵たちが前に出ていった。栗田が口を開く。

「俺たちはオリジナルの塩羊羹を作りました。菓銘は萬歳楽です。主な材料は北海道の十勝産小豆と、寒天の里こと長野県茅野市の最高級寒天。それから奄美諸島のさとうきびで作られた自然な甘さの砂糖と、塩職人による特製の天日塩などです。まずは食べてみてください」

「ふむ、こちらもなかなか」

「期待できそうですな。いただきましょう」

審査員たちがうなずき合い、萬歳楽とやらを菓子楊枝で口に運んで咀嚼する。

意外にも彼らはいかなる言葉も発しなかった。なんだろう？　その顔からは一様に表情が抜け落ちている。どういうわけか彼らはひたすら無言で食べ続けていた。

鳳城葵のやつ口ほどにもない——と柳才華は鼻から息を吐いた。大一番で味の加減に失敗したのだろう。審査員の反応から察するに余程まずかったようだ。

まあ、いくら抜群の味覚の持ち主でも、自らの手で作らないのでは勘も鈍るというもの。現実は所詮そんなものさ、と皮肉っぽく考えていたのだが、やがて——。

「ジャッジ三名——鳳城葵チーム、鳳城葵チーム、鳳城葵チーム！　3対0で鳳城葵チームの勝利です！」

結果発表で進行役がそう宣言し、鳳城葵と栗田仁の手を高々と上げさせたのを見た柳才華はまさしく仰天した。

「な、なんで……？」

観客は沸いているが、柳才華は目の前の出来事が受け入れられない。だって審査員はあんなに興ざめしていたじゃないか。あまりのまずさに頭がいかれちまったのか？

「ちょっとそれ、あたしにも食べさせてください！」

気づけば審査員たちのテーブルへ駆け寄っていた。

「いいですよ。さあどうぞ」

審査員のひとりがそう言って、予備の萬歳楽の皿を差し出す。柳才華は菓子楊枝を突き刺すと、その緑がかった灰色の羊羹の切れ端を勢いよく口に放り込んだ。

刹那、凍りついたように表情筋が固まる。

——なにこれ？

そして知った。本気で味覚を活性化させ、あらゆる味を感知しようとすると、人は表情にまで気が回らなくなるのだと。

口に含んだ瞬間の冷たくなめらかな感触。液体をすっぱり切ったかのような瑞々しいその塊には、歯がすうっと気持ちよく通る。嚙むたびに溶けていくようだ。そして舌の上に広がる優しい甘味。なにこれ、なんなのこれは。洗練された上品な淡い甘さと、小豆の深く香ばしいうま味。それにこの独特の塩気――。

控えめな塩味が甘味をじわじわと柔らかく引き立てている。絶妙なバランスで結びつき、ほとんどひとつの新しい味になっていた。

柳才華は震撼とともに悟る。そうか――。そういうことか。

甘味の神髄は塩にあったのか。

だから塩羊羹なのか。

柳才華の考える和菓子の本質は小豆餡だ。そして羊羹の美味しさも、やはり小豆餡が根底にある。だが鳳城葵たちはそこで思考を止めなかった。小豆餡をさらに美味しくするために突き詰めた。その答えがこれだ。

わずかな塩で、甘い小豆餡の美味しさをさらに高めること――。

いや、それだけではない。天性の感覚を持つ柳才華は気づいた。

塩の他にもまだ秘密がある。それが裏方として美味しさの調和に一役買っているようだ。――わかった。この淡い緑色だ。わずかに昆布を使っている。青森県の昆布羊羹の応用か？　それがこの海の風味豊かな天日塩に絶妙に合っている。

ほかにも奥行きを醸し出す仄かな苦味と酸味を感じたが、それらはあまりにも微量で正体がわからなかった。

わかったのは——自分が負けたということ。言い訳のしようがなかった。

「いやぁ、一本取られたよ」

柳才華はさばさばと肩をすくめた。「これには異議の唱えようがない。完敗だ」

「意外とあっさり認めるんだな」

栗田は戸惑い顔だった。「なあ——。なんで今回は汚い手を使わなかったんだ？」

「とくに理由はないよ」

柳才華はそっぽを向く。「ただ気が乗らなかっただけ。そんな日もあるでしょ」

じゃあねー、と柳才華は手を振り、相棒の張間とともに控え室へ戻っていった。


柳才華はへらへら笑いながらコロシアムの廊下を歩いていく。その様子はいかにも「あたし別に本気出してなかったし」とか「こんなのに真面目になる方がダサいじゃん」などと言いたげだった。

そして今、柳才華は控え室に辿り着くと、ドアをぴたりと閉めて息を吐く。

魂を吐き出してしまうかのような深い息だ。張間が無言で見守る中、虚勢をすべて振り払うと、先程から胸の奥で痛みを訴えていた塊がにわかに大きさを増した。

自らの精神が生み出した痛みだ。

「──悔しい」

柳才華は床にくずおれた。「悔しいよぉっ……！」

正面からぶつかっても勝てると思っていた。だが負けた。結局は張間の予測どおりだった。自分には卑怯な手段を使わずに勝つ実力がなかった。

──恥ずかしい。

柳才華は、くしくも敗戦後の藤原薫と同じことを考える。自分が恥ずかしい──。

なぜなら、大きな錯誤の可能性に気づいたからだ。

今まで不正な手段を使うことに躊躇はなかった。卑劣上等。ばれなければいい。結果を出せば世の中の悪事なんて、ほぼ不問に付されているじゃないかと思っていた。

でもその考え方は、じつは勝つために大切ななにかを蝕むのかもしれない──。

まだ確信できたわけではないが、それは物事に真摯に取り組む姿勢とか、対象について突き詰める思考力や粘り強さとか、土壇場で競り合った際の勝負強さとか──。

とにかく鳳城葵と栗田仁にはそれがあった。そして自分には欠けていた。だから真っ向勝負で力負けしたのだ。その事実は動かしがたい。

なぜだろう。ふいに柳才華は幼い頃、祖母が死んだときの出来事を思い出す。

──「なあ才華、お前はすごい子だよ。知恵があって弁も立つ。でも気をつけなさい。人生の一大事では、そういったものはまるで役に立たない」

病院のベッドの上で祖母は、そんな不思議なことを孫娘に説いたのだった。

幼い柳才華に「どういうこと？」と尋ねられた祖母が静かに微笑む。

──「人間はね、もう後がない究極の崖っぷちになったら、心でぶつかっていくしかないんだよ。そこにはなにも持ち込めない。お金も友人も自分の体さえも……。誰の人生にも一度は訪れる比喩的な意味での大勝負。そこでの生死を分けるのは剝き出しの真心なんだ。お前は才能があるからこそ、それに溺れないようにするんだよ」

あのときは──当時は祖母の言葉の意味がわからなかった。でも──。

「……お祖母ちゃん」

今、そのことを思い出した柳才華は、真理に触れた者にだけ許された涙をこぼす。

「わかったよ……。あたし、やっとわかったよ、お祖母ちゃん！」

本当の強さへ至る道。その入口を見出すことができた。

そして、だからこそ負けたままではいられなかった。

あたしはこれから地上の誰よりも強靱な魂を手に入れる──柳才華はそう思った。

そのために、考えて考えて考え抜こう。卑怯な手段が不要だと思えたら、根こそぎ捨てよう。自分で模索して自分で決めるんだ。これからの自分に必要なものはなにか。本当の実力とはなんなのか。その見極めを他人任せにして進んでも再び敗者になるだけだ。今日からあたしは生まれ変わるんだ。

そして、いつの日か――。

そう心に決めて立ち上がった柳才華の顔にはまだ涙が光っていたが、張間が思わず目を奪われるほど潔い美しさが漂っていた。

黒い和菓子

柳才華チームに勝って今日の試合をすべて終えた栗田たちは、控え室に戻ってきていた。このあとは主催者の宇都木雅史の締めの挨拶が予定されているが、まだ全試合が終わったわけではない。審査員ごとに仕事のペースが違うからだ。

審査の時間は最大で三十分。しかし栗田たちの審査員は手際よく試食と評価をこなし、予定よりかなり早めに終わらせた。だから今、栗田と葵は控え室の備え付けのタブレットで会場の様子を見ながら、残りの試合の決着がつくのを待っている。

同時に始まった四試合の中で、審査まで終わったのは二試合だった。

第一試合　柳才華チーム対鳳城葵チーム——鳳城葵チームの勝利
第二試合　林伊豆奈チーム対月村望チーム
第三試合　我那覇巧チーム対白井猛チーム——我那覇巧チームの勝利
第四試合　千本木周一チーム対上宮暁チーム

「ま、やっぱ我那覇巧は勝ってるよな……」

栗田はやや苦い顔で呟いた。

我那覇巧には沖縄でずいぶん世話になった。萬歳楽に使う塩を入手できたのも彼のおかげだ。親切で気持ちのいい男である――が、勝負になれば苦戦は必至だ。なにせ彼は葵と同レベルの味覚の持ち主。当の葵がそう言っているのだから。

実際、我那覇巧は対戦相手に圧倒的な差をつけて勝利した。タブレットの画面内では彼らの試合を担当した審査員たちが興奮気味に言葉を交わしている。

「まさにダークホースと言うべきでしょう。この我那覇巧という人物は」

「本当に、世の中は広い。まさかこれほどの人材が隠れていたとは……」

「現状、最も優勝に近い印象がありますね」

タブレットの前で栗田は「ったく、競馬なら大穴なんだけどな」と渋面で呟いた。

「やー、あながち間違いというわけでもないでしょうね。あの人はすごいですよ」

一緒に画面を眺めている葵がそんなことを言う。

「おいおい、葵さんまで」

「でも、まだ時間がありますから」

葵がこめかみを押さえて微笑んだ。「わたしたちと対戦するとしたら、明日の決勝戦になります。それまでになんとか付け入る隙を見つけられれば……」

そんな余裕があるだろうか？　正直、難しいように栗田は思う。

明日の自分たちの最初の相手は第二試合の勝者だ。つまり林伊豆奈か月村望のどちらかになる。だが両者とも間違いなく手強い。今のところ結果が読めない。

最初は不敗の和菓子職人こと伊豆奈が楽に勝つものだと栗田は思っていたが、対戦相手の月村望は只者(ただもの)ではなかった。なにせ彼は、あの幻の和菓子を作ることもできる実力者――。

月村望は和菓子職人には見えない荒(すさ)んだ雰囲気の男で、年齢は二十七歳。目つきに暗いものがあり、口元に浮かぶのは薄い冷笑。闇の中でくすぶる執念深い熾火(おきび)を思わせる人物だ。なにをしてくるかわからない不穏さを漂わせている。

果たして俺たちなら勝てるだろうか、と栗田は思う。

まだ審査は途中だが、そもそもどんな試合をしたのだろう？

＊

《金沢の老舗、菓匠(かしょう)豊月(ほうげつ)の次男――月村望の独白》

誰でも知っている。

和菓子に携わる者なら――。

金沢ってところは、昔から和菓子作りが盛んな土地だ。

初代の加賀藩主である前田利家も二代目の利長も、千利休の弟子として茶の湯を学んでいた。その後の当主も熱心に推奨した。

茶道と和菓子は切っても切り離せない関係だからな。それで藩の御用菓子屋が設けられて、和菓子文化が育まれてきたわけだ。

その金沢でも五本指に入る老舗、菓匠豊月には、かつて達人がいた。

希代の名人として知られた、月村錬太郎――。

俺の祖父だ。

仕事用の白衣を着て、堂々と作業場に立つ姿――しびれるほどかっこよかった。

腕が立ち、感性に優れ、人の上に立つ求心力もある。誰もが祖父に尊敬の眼差しを向けていたよ。俺もガキの頃は祖父みたいになりたいと無邪気に憧れたものさ。

とはいえ、そんな傑物の祖父にも、意のままにできない相手がいたらしい。物別れに終わったが、祖父に匹敵する腕の持ち主だったようだ。

林伊豆奈――。

酒に酔った祖父が未練がましく、その名をぽつりと洩らしたことがある。幼かった当時の俺には、なんのことやらだったが。

やがて祖父が一線を退く日がやってきた。店を継いだのは当然、俺の親父だ。親父は祖父の栄光に負けじと、骨身を惜しまず働いた。名人の祖父と比較されるのは内心穏やかではなかっただろうが、それなりによくやっていたと思う。

とどのつまり、親父もまずまず優秀な人間だったのだ。

だが俺は親父とそりが合わなかった。――いや違う。そういうレベルの問題じゃない。きっと親父は俺のことなど虫けら同然に思っていたのだろう。

「望。そこでなにをしている」

十年前のある日の夜更け――丑三つ時のことだ。

俺の実家、菓匠豊月の薄暗い無人の作業場で、こっそり和菓子作りの練習をしていると、いつのまにか親父が入口に立って俺を睨んでいた。

「いい加減にしろ」

　つかつかと歩み寄ってきた親父が、俺の頬を平手で打った。

「望――お前には無理だと何度言ったらわかる。ここには近づくな！　どれだけ修業しようと、お前はこの店の和菓子職人には決してなれない」

　そう言われると思ったから夜中に忍び込んだのに――。俺が舌打ちすると、親父は「いいか？」と言い含めるように語り出す。

「菓匠豊月はその辺の和菓子屋とはわけが違う。伝統ある一流の老舗だ。月村の味覚を持たないお前が本家の人間として作業場に立つことはまかりならん。お前だって忘れたわけではないだろう。あの日の醜態を」

　わかっているさ――と心の中で吐き捨てて思い出す。

　あれは俺が十歳になるか、ならないかって頃だった。

　当時、祖父は既に他界して、親父が菓匠豊月を支えていた。それに伴い、兄貴が店の手伝いを始めていたこともあって、俺もたびたび真似しては止められていた。

　そんなある日のことだ。俺には今言った通り兄貴と、それから妹がひとりいる。そして親父が唐突に、三人の子供に味覚の検査をすると言い出した。

　水の入ったコップを十個用意して、そのコップのひとつに少量の砂糖を入れる。水との比率は〇・〇一％。目隠しをして水を飲み、どれが砂糖入りか選ばせるのだ。

兄貴は正解した。妹もしばらく迷ったが、正解だった。

だが俺には選べなかった。どれも同じただの水にしか感じられなかった。

次は砂糖を増やし、比率を〇・〇五％にする。

兄貴は楽に正解した。妹も今度はすんなり正解した。

だが俺は、またしても選べなかった。

次は砂糖を〇・一％にした。

兄貴と妹は「これはさすがに誰でもわかるよ」と苦笑まじりに当ててみせた。

俺には……わからなかった——。

そして身に染みて理解した。月村家の人間の多くは卓越した味覚を持っている。兄貴と妹がいい例だ。その舌の能力は一般人とは比べものにならない。

だが俺は違う。

俺は月村家の出来損ないだ。なにせ和菓子作りにおいて、最も重要な味覚が平凡。この店にとっては俺の能力なんてお話にもならない。兄貴と妹が、少なくとも俺の十倍以上、高度な味覚を持っている。きっとそれを早いうちに俺にわからせて和菓子職人の夢を諦めさせるために、当時の親父は味覚の検査をしたのだろう——。

「いいか望。この店で働けばお前は不幸になる」

今、丑三つ時の店の作業場に仁王立ちした親父が、俺を見据えて告げる。

「才能とは残酷なものだ。お前には月村家特有の味覚がない。そういう者はいくら努力しても決して超一流にはなれないのだ。逆に才能のある者はどこまでも高く羽ばたける。それが和菓子という美味の芸術の世界だ。受け入れるしかない。これは本当にどうしようもないことなのだから」

そこで親父は自嘲的に口元を歪め、「私のような極めつけの凡才が、長い年月をかけて辿り着いた不愉快な真実だ」と呟いて続けた。

「私の知る中で最も優れた素質を持っていたのは――そうだな、林伊豆奈あたりか。彼女には、おそらく父の錬太郎以上のものがあった」

「林伊豆奈……？」

「昔この店で修業していた職人だ。親父はずっとあの女に執着していた……。それほどの存在だったということだ。今は独立して地元の大阪にいるが、ここで働き続けていれば、錬太郎の技を継ぐ者として賞賛されただろう。そういう意味では愚か者だ」

「林伊豆奈、ね」

嫉妬のせいか、俺の脳裏には無性に憎悪を掻き立てる存在として刻み込まれた。

「だが――才能がなくても幸福にはなれる」

ふいに親父が意図のよくわからない微笑を浮かべて続けた。

「お前は勉強ができる。大学に行って、いい会社に入れ。適度な安定が手に入る。それが一般人にとっては最良の人生だ。茨の道は諦めて、幸せになれ」

なんだそれは？

いや――親父の話には一理あったのかもしれない。自分の人生経験が言わせた言葉だったのかもしれない。だがそのときは冷静に受け止めることなどできなかった。

自分たちは選ばれし者で、お前は単なる一般人。そんなふうに見下されたようで、兄と妹よりも遥かに劣った存在だと言われたようで――差別されたようで。

なにか人間として許せないものを感じた。怒りで目の前が赤い血の色に染まった。

「うるさい！」

気づけば俺は親父を睨み返して怒鳴っていた。「それでも俺は和菓子職人になる」

「そうか。なら――この家を出て行け」

親父が静かに告げた。「菓匠豊月にお前のような者は必要ない」

「……だろうな」

この家には優秀な兄貴と妹がいる。いつかこんなときが来る気はしていたのだ。

そしてその日の夜明け前、まだ暗いうちに俺は荷物をまとめて家を出た。月村の家に代々伝わる、菓子秘録を盗み出して――。

それ以来、実家には帰っていないが、まあ、そんなことはどうだっていい。

重要なのは、その菓子秘録の最後のページに記されていたものだ。

若き日の林伊豆奈が考案し、菓匠豊月の置き土産にした幻の和菓子の製法――。

華幻糕（かげんこう）の作り方が書かれていた。

様々な店で働いて修業しながら、俺は長年、林伊豆奈について調べた。しかし本人に直接会って、顔を合わせて話したのは今日が初めてだった。

「――俺はついている」

口の端が自然と吊り上がっていた。「こんな大舞台で復讐（ふくしゅう）を果たせるのだからな」

全国和菓子職人勝ち抜き戦、会場のコロシアム――。

順調に勝ち進み、待ち望んだ伊豆奈との試合までようやく漕（こ）ぎつけた。試合前の控え室を訪れた俺は、自分でもちょっと驚くほど攻撃的な興奮に包まれていた。

「はて」

伊豆奈は突然の俺の来襲にも、表面上はまるで動じずに続ける。

「どこかでお会いなさったか？　最近、物忘れが激しくて。今日は何月何日だい？」

「ボケたふりをするな！」

俺は思わず声を荒らげた。直後に息を吐いて冷静になる。「いや——それはお得意の心理戦術ってやつだな？　なにせあんたは百戦無敗の勝負師らしい。人の心をかき乱すのは、お手のものなんだろう？」

するとと伊豆奈がふっと微笑み、「そんな大層なものじゃないよ。これでも笑いの聖地、大阪出身だ。軽い挨拶代わりさ」と明晰（めいせき）な口調で答えた。

伊豆奈は飄々とした雰囲気だが、六十代には見えなかった。目に光があり、なにか生命力のようなものが滲み出ている。実年齢より遥かに若かった。祖父はそんなところにも引きつけられたのかもしれないと一瞬ちらりと思う。自分よりずっと年下で、それでいて同等の才能があり、物怖じしない——。とてもじゃないが、思い通りになる存在ではなかったからこそ執着したのだろう。

「俺のことは知っているか？」

俺はそろりと尋ねた。

「知らないが、見当はつく。午前の部の、あんたの試合を観たからね」

「話が早くて助かる」

「華幻糕」

伊豆奈が片目をわずかに細めた。「あれを作って勝つとはな。しかも使いこなしている。月村という苗字からして、あんたは菓匠豊月の――」

「出来損ないの次男だ。実家からは勘当されているが」

「なるほど。あの人の――」

伊豆奈が得心したように呟き、込み上げる感情を抑制するように睫毛を伏せる。

「……腕は確かに一流だった。ずいぶん苦しめられたが、育ててもくれた」

なにかぶつぶつ呟いている。色々と思うところがあるようで、なによりだ。そのためにこうして勝負前に会いに来たのだからな。

俺が午前の部の試合を華幻糕で勝ったのは、もちろん意図的なものだ。午後に対決する伊豆奈の心をかき乱すための最初の一手だった。

華幻糕というのは伊豆奈が菓匠豊月を辞める際、置き土産として考案していった創作和菓子で――その実態は生落雁だ。

なに、生落雁と落雁はどう違うのかって？

普通の落雁は固く乾燥した干菓子だが、生落雁は柔らかいんだ。ふっくらしていて、それでいて噛むと口の中でさらさら溶ける。おまけに小豆餡や抹茶餡など様々なものを中に仕込んだり、挟んだりすることで、さらに美味しく変化させられる。無限のアレンジができる華幻糕は、この大会ではいわば万能の武器だ。

柔らかさの秘密は、材料と水分含有量のバランス。

盗み出した菓子秘録には、製法が事細かく記されていた。

ただし材料の状態や、その日の気温や湿度との兼ね合いで調整が必要だから、量産ができない。それで菓匠豊月では次第に作られなくなったらしい。俺が菓子秘録を盗み出すまで、華幻糕は幻の和菓子に成り果てていたのだ――。

「俺は華幻糕で、あんたを打ち破る」

俺は面と向かって告げた。心理的な圧力をかけて相手の平常心を奪う。これは凡人が勝負前にしておくべき、最低限のたしなみだ。

「あんたの名声を葬って、この世界の頂点に立つ。なにもかも全部ぶち壊してやる。それが俺の復讐だ」

「復讐――。さっきも言っていたな」

伊豆奈は心持ち眉を寄せた。「しかしどういうわけだ？　あたしには、あんたにお返しをされる覚えがないんだが」

「だろうな」

俺は冷ややかに笑ってみせた。「復讐なんてそんなものだ。主観にすぎないし、どこまでいっても個人の心の問題なんだよ。突き詰めれば相手には関係ない。あんたはただ、わけのわからないまま、わけのわからない男に惨敗するだけだ」

俺の復讐——。

それは言い換えれば〝凡人〟による世界への反逆だった。

この世の才能あるすべての人間を俺は激しく憎悪している。

その怨念を向ける先として、最もふさわしい相手が林伊豆奈だった。親父の話では俺の尊敬する名人の祖父よりも優れた素質を持っていたそうだからな。

だから俺の企ては、正確には代償行動としての復讐ということになるか——。

創造のための反逆でもある。

凡人が才能のある者を打ち負かし、そのことで従来の世界観を破壊する。図抜けたセンスだとか、常識を超越した才能だとか、天性のギフトを重視する古臭い世界そのものをぶち壊してやるのだ。

林伊豆奈を破り、俺という凡人が頂点に立てば、次のようなテーゼが浮上する。

——才能なんて、じつは無意味なまやかし。根拠のないものを安直にありがたがっていただけ——。

そんなふうに皆の価値観がリセットされる。いわば革命の幕開けだ。俺は代償行為の復讐を果たすと同時に、この世に蔓延した才能神話を一掃する変革の狼煙もあげられる。あとに広がるのは信じられるよすがを欠いた、不安定で混沌とした荒野——。そこではあらゆる既得権益が無価値となり、無名の万人にチャンスがある。新しいものが次々と現れうる、若き世界だ。素晴らしいじゃないか。

親父も兄貴も妹も見てろ。

才能などなくても俺には怨念の力がある。転ずれば強さだ。それがあったからこそ今まで多くの店を渡り歩き、過酷な修練を長年重ねてこられたのだ——。

「なるほど。今時ずいぶん気負っている面白い青年だな」

伊豆奈が俺の視線を受け止めて言った。「その心意気は買いたいが——無理だ」

謎めいた微笑を浮かべて伊豆奈が続ける。

「あんたは華幻糕を作れない」

「なに？」

俺は思わず耳を疑った。今こいつはなんと言ったんだ？

「次の試合、あんたは華幻糕を作ることができないんだよ」

「……午前の部で、俺が華幻糕を作って勝ったのを見ただろう？　あれが本物ではなく紛い物だったとでも言いたいのか?」

「そういう意味じゃないよ」

伊豆奈がかぶりを振った。「あんたは自分が見えてない。次の試合、あんたはあんた自身の意思で華幻糕を作らないんだ。そのための伏線を今、あんた自身があくせく張ってるじゃないか。あんたは負けるために、あたしに会いに来たんだろう?」

まったく理解できない、じつに不思議な言葉の連なりだった。

刹那、はっと気づく。

心理作戦だ――。こいつは俺を無意味な謎かけで惑わせようとしている。迂闊だった。試合前にプレッシャーをかけるつもりで来たが、いつのまにか相手の言葉の罠――勝負師の幻惑の泥沼に引きずり込まれかけていたようだ。

俺は舌打ちして、自分の頬を両手で思い切り張る。それによって、おそらくは知らず知らずのうちに頭に入れられた、ある種の暗示を追い払った。

「俺にまじないは通じない。今の行為で逆説的に、あんたが俺の華幻糕を恐れていることがはっきりした」

「そう思うのかい?」

「次の試合で証明してやるよ」

俺が宣告すると、伊豆奈は唇の端をにいっと持ち上げた。

＊

金沢の老舗、菓匠豊月はその日、臨時休業で店を閉めていた。

月村望の家族はこぞって居間に集まり、TVの前で大会の中継を観ている。

望の兄はタブレットを、妹と母親はスマートフォンを持ち、あちこちの情報をチェックしているが、父親だけはなんの電子機器も持っていなかった。興味がなさそうに座卓の前であぐらをかき、昼間から日本酒を手酌で飲んでいる。猪口に注がれた酒はほとんど減っていなかったが。

「望のやつ……」

「わからんやつだ」

父親が続けざまに呟いた。先程から彼だけがぶつぶつ言っている。「月村家の人間はこんな大会に出る必要ないのだ。日本一だかなんだか知らないが、勝手に言わせておけばいい。これは名のない者が名をあげるための興行だろうに」

「きっと望には必要なことなんだよ」

今まで黙っていた望の兄が言った。「それより親父、始まったぞ。あの林伊豆奈と俺たちの望が闘う――。意地張ってないで、こっちで一緒に観ろ。みっともないぞ」

「……興味ない」

父親がぼそりと言った。母親が呆れ果てた顔で「放っておきなさい」と言う。

「でも、この林伊豆奈って人……どういうつもりなんだろう？」

望の妹が画面を観ながら不思議そうに言った。

というのも会場の林伊豆奈は、試合が始まったのになにもする気配がないのだった。調理台のそばの椅子に腰かけて瞼を閉じ、ただ腕組みしている。

月村望も林伊豆奈も、パートナーが見つからないという理由で、大会にはひとりで参加していた。つまり一対一の対決だ。手伝う者もなく、林伊豆奈の製菓はまったく進んでいない。マラソンだとスタート地点から動いていない状態である。

今回の題材は自由だから、どんな和菓子を作ってもいい。しかしさすがに「無を作りました」的な詭弁（きべん）は通用しないだろう。

「試合放棄かしら？」

母親がこめかみを指で押さえて呟いた。

「……違う気がする」

望の兄が思案しながら言葉をつぐ。

「これは、精神的な揺さぶりをかけてるんじゃないか？　百戦不敗なんて、腕がいいだけじゃ達成できない。事前に、あるいは見えない場所でなにか仕掛けたんだろう」

とはいえ、望に今のところ動揺の気配はない。作っているのは華幻糕だ。考案したのは林伊豆奈らしいが、今や望は完全に使いこなしている。様々な店で修業した成果か、ほれぼれするほど技術も磨かれていた。誰もが見とれる鮮やかな手つきだ。

「望……」

母親が不安そうにこぼした。

「心配するな母さん。今のあいつは俺より腕が立つ。味覚は確かに大事だが、それだけですべてが決まるわけじゃないんだ。見ろよ。あいつ、これほどの大舞台なのに、まるで動じていないじゃないか。すごい男だよ」

望の兄が誇らしげに呟くと、妹も「望兄さんが勝つよね」と同意してうなずいた。

「望——」

父親がなにかを案じるように聞き取れないほどの小声で呟き、下唇を嚙んだ。

＊

《菓匠豊月の次男——月村望の独白》

——なんのつもりだ？　どういうわけだ？

コロシアムの作業台で生落雁を作りながら、俺は困惑していた。

林伊豆奈の意図が読めなかったからだ。

試合が始まった当初、伊豆奈は作業台の前で椅子に座り、身じろぎもしなかった。

瞼を閉じて腕組みしているその様子を見て、俺は思ったものさ。

ああ——。こいつ、勝負を投げたなって。

まともに勝負して負けるより、その方が言い訳できる。どうせ「あのときは気分が乗らなかった」とか「急にこの試合の意義を見出せなくなって」とか見え透いた嘘をあとで並べ立てるのだろうと思っていた。

ところが試合が始まって二十分ほど経過した頃、伊豆奈が動き出した。

作業台の近くに古今東西の和菓子の材料がふんだんに置かれた一角があるのだが、

そこへ行って入念に素材を物色し始めたのだ。

そして今現在——試合が始まって約四十分。

俺の対面の作業台で、伊豆奈は鍋で小豆を煮ている。

沸騰したら差し水をして、しばらくしたら湯を少し捨てて、また差し水をするという丁寧な工程だ。たぶん、こし餡を作るつもりだろう。

華幻糕は万能の生落雁だから、当然こし餡と組み合わせることもできる。こし餡で羊羹を作り、サンドイッチのように生落雁で挟むと、美味しくて見た目も美しい。最終的にどんな形にまとめるつもりかは知らないが、勝負は捨てていなかったようだ。

しかし謎めいている。なぜ餡作りと並行して他の作業を進めないのか？　伊豆奈は華幻糕の材料となる寒梅粉も、まだ材料置き場から持ってきていない。大体、最初のあの出遅れはなんだったのだ？

心理作戦のつもりなら機能していないと明言しておこう。むしろ逆だ。困惑してはいるが、手は休めていない。今までにない速いペースで進行している。

『あんたは華幻糕を作れない』——試合前に伊豆奈にかけられた言葉のせいだ。あれが逆にいい影響をもたらした。作れないはずがない。反骨の意気込みが俺の体を活性化させ、仕事を加速させている。この勢いは誰にも止められない——。

だが残り時間が着々と減る中で、俺は気づいてしまった。

向かいの作業台では、伊豆奈がこし餡を完成させつつある。そしてふいに伊豆奈は材料置き場へ赴くと、事前に目をつけていたらしい吸水済みのもち米を持ってきて、餅つき機で蒸し始めたのだった。

どうやら伊豆奈は最終的に、こし餡と餅を組み合わせるらしい。俺は戸惑いを禁じ得ない。華幻糕を作っていたわけではなかったのか——。だったらなにを？

刹那、背筋がぞくりとした。

まさか。

まさかあいつ。

あれを作るつもりか？

俺は消火器で頭をぶん殴られたような心境になる。

「——林伊豆奈！」

気づけば声を荒らげていた。「あんた一体なにを作ってる！」

「おや、見てわからないのかい？　月村家の次男坊なのに」

あんころ餅だよ、と伊豆奈が悪辣な笑みを浮かべて言った。

「金沢の老舗、菓匠豊月の名物といえば、あんころ餅だからねぇ。あたしも昔はずいぶん作ったものさ。当時は大阪から出てきて修業中の身だったが、錬太郎さんは褒めてくれたよ。月村家の誰よりも、あたしの方が美味しいあんころ餅を作るってね」

頭がくらくらするほどの怒りを感じた。

俺の前で、まさかその手を使ってくるなんて。

「あんたは生落雁に夢中なようだし、だったらあたしが代わりに菓匠豊月のあんころ餅を作ってあげるよ。せっかくの機会だし、この大観衆に見せてやろうじゃないか。伝統ある金沢の名店、菓匠豊月を象徴するあんころ餅、ここにあり——ってね」

「黙れ！」

俺は激昂せずにいられなかった。「他人がうちの店の象徴を語るな！　あんころ餅は、俺の——俺の……！」

「無理をするのは体に悪いよ」

ふいに伊豆奈が味のある、じつに憎たらしい顔をした。「あんた、ほんとは作り方、教わってないいんじゃないの？」

「え」

「作れないいんでしょ？　あんころ餅」伊豆奈が少女のようにくすっと笑う。

あまりの怒りで俺は言葉を失った。頭がおかしくなりそうだ。この女は悪魔だと思った。悪魔という名の勝負師だったのだ。もう華幻糕など作っている場合じゃない。しかし製菓の終了時間は着々と迫りつつある——。


議論の余地のない一方的な結果が出て、審査が終わった。

そして試合は終了した。

え、どっちが勝ったのかって？

訊くなよ。訊かなくてもわかるだろ。3対0で俺のストレート負け。——惨敗さ。

敗因ははっきりしてる。

時間が足りなかった。俺は途中で華幻糕をやめて、あんころ餅を作り始めたのだが、その時機が遅すぎたのだ。

菓匠豊月のあんころ餅の魅力は、こし餡の澄んだ甘さとなめらかさ。じっくり丁寧にこしらえないと、あの味は再現できないからな。

いくら俺の仕事が速くても、苦肉の策で圧力鍋を使っても、あの状況から新しく作り始めるのは無理があった。結果的に雑な出来になり、伊豆奈のあんころ餅とは雲泥の差が生まれてしまった。だから審査員の評価はなんら間違っていない。

今思えば、伊豆奈はすべて計算尽くだったのだ。自分があんころ餅を作っていることが発覚する時間の調整——そのためにわざと出遅れた。

こし餡の作業だけを進めていたのは、同時に餅を作ったら、すぐ答えに気づかれてしまうからだろう。作るものを即座にあんころ餅に切り替えても間に合わない時間帯になってから、種明かしをしたのだ。

俺は試合前に伊豆奈にかけられた言葉の影響で、意気込んで華幻糕を作っていた。そのせいで切り替えが速やかにできなかったこともある。——とにかく伊豆奈は俺の持つ時間を魔術師のように操って、勝つべくして勝ったのだ。

俺はふと、控え室での伊豆奈の言葉を思い出す。

——次の試合、あんたは華幻糕を作ることができないんだよ。

あれはこの展開を見越して言ったわけだ——が、そう考えると若干の疑問もわく。

「なあ……。なんで俺があんころ餅を作るって確信できたんだ？」

俺は伊豆奈に近づいて尋ねた。「俺があのまま、華幻糕を作り続ける可能性だってあっただろうに」

「いや、それはないと思っていた」伊豆奈が答えた。

「なぜ？」

「試合前、あんたは復讐と口にしていたが、そういう者は意外と心の底では逆のことを考えていたりするものでね。あたしにはこう聞こえたよ。俺を許してほしかった、ってね。――これはただの年寄りの勘だが、あんたは家族ないし親に、自分を許し、認めてほしかったんじゃないのかい？」

なんなんだ。

反発したいのに、妙に納得できてしまう。俺の本当の望みはそれだったのか？

「本当は家族を大切に思っている男が、そのお株を奪うような真似をされて、黙っているはずがない。あんたが本当に作りたいのは華幻糕ではなく、あんころ餅。あたしはその読みに賭けたのさ」

伊豆奈が言った。「いや、信じたというべきか。骨のある男に見えたからね」

挑戦者――。その言葉が頭に自然と浮かんでくる。

この人の本質は勝負師というより、挑戦者だったのだと俺は悟った。

「悪かったね。まともにやれば、きっと大して腕に差はなかったよ。ただ、ある人と約束していて――あたしはどうしても負けられないんだ」

伊豆奈が若干ばつが悪そうに言う。ある人が誰なのか、約束の内容がどんなものか、それは俺にはどうでもよかった。勝者は言い訳なんてするべきじゃない。

「……俺も食べていいか？　あんたのあんころ餅」

俺が尋ねると「もちろんだよ」と伊豆奈は言い、審査員のテーブルから予備のあんころ餅が盛られた皿を持ってくる。

あんこのたっぷり絡んだその餅に、俺は菓子楊枝を刺して口に入れた。

すると、まずは舌に触れる、きめ細かい甘いこし餡。

噛むと、もっちりした餅の柔らかな弾力。

さっぱりしていて口の中で上品に溶けるそのこし餡は、菓匠豊月の伝統芸だった。

ああ――なんてことだと俺は思う。本物じゃないか。こんな場所で正真正銘の本物に再会できるなんて。過ぎた日々が走馬灯のように甦ってくる。

雪が舞う冬の金沢。客足の鈍い日、売れ残ったあんころ餅を家族で食べた。たまにはいいさと父も笑っていた。寒くて眠れない夜は兄貴の布団に潜り込んだ。妹も時々まざってきて兄貴は暑いと苦笑していた。兄貴とはよく町屋の路地裏を一緒に探検したっけ。家族で兼六園に出かけたこともあった。小豆の甘い匂いに包まれていたような幸せな子供時代。それが俺にも確かにあったんだ。思い出で胸がいっぱいになる。

「……美味しい」

俺は正直な感想を口にした。「うちのあんころ餅は、やっぱり旨い……。またこんなことを思えるなんて。またこんな幸せを味わえるなんて――」

夢にも思わなかった。

「……ありがとう」

気づけば俺はそう言っていた。それから一拍の間を置き、自分でも予想もしなかった言葉を続けている。

「俺を、あんたの店で働かせてくれないか？」

「え？」

「もっと学びたいんだ、和菓子のことを。そのために大切な心構えを――さらに磨くべき技術を教わりたい。もちろん、あんたにとっては迷惑かもしれないが」

伊豆奈は少し戸惑ったような顔をしていたが、やがてさらりと微笑む。

「ああ迷惑だ――と言いたいところだが、あたしも昔はあんたの祖父さんにずいぶん技を教わったからね。これも縁ってものか」

伊豆奈は柔らかく手を広げた。「いいよ。幸いあんたは筋金入りのつわものだ。あたしの指導にも楽についてこられるだろ。覚えている技でいいのなら教える」

「――恩に着ます！」

俺は勢いよく頭を下げた。それから一応、補足する。「でも、俺がつわものっててのは見当違いだな。そもそも弱いから負けたわけで」

「それは違う」

伊豆奈がきっぱりと断言した。

「あんたは強い人だよ。怨念とか執念とか、形のない曖昧なものが理由じゃない。あんたは挫折しても立ち上がって、こうして現実と対峙してるじゃないか。その在り方こそが本物の強さなんだ」

息を呑む俺に伊豆奈が続けた。

「諦めない不屈の心。あたしが考える強さはその一択だよ。本物の強者っていうのは諦めずに何度でも立ち上がってくる人のことを言う。だからあんたは今のままでいい。才能も資質も関係ない。自信を持って世の中に自分という存在をありのままに打ち出していけばいい。それが強く生きてくってことだ」

伊豆奈の話は独特だったが、理屈を超えて胃の腑に響いてくるものがあった。

気づけば俺は泣いていた。自分で自分にかけた呪いが、今、祓(はら)われた――。

なぜだかそんなことを思う。

涙のせいか、黒々としたあんころ餅の餡が今は明るく光り輝いて見えた。

＊

「だよな。やっぱ林伊豆奈が勝つよな。ストレート勝ちか……」

コロシアムの控え室で、備えつけのタブレットを眺めながら栗田は呟いた。

審査員のひとりが金沢出身だったらしく、丁寧な講評をして長引いていたが、結果自体はわかりやすいものだった。

「明日の最初の相手は伊豆奈さんですか。はー、どうしましょうかねー」

隣に座る葵が頰に手を当てるが、のんびりした声のせいか危機感は伝わらない。

「じたばたしても仕方ねえさ。やれることは全部やってきた。なるようになんだろ」

「それもそうですね」

葵がふわっと柔和に微笑んだ。明日は明日の風が吹くと今は思っておけばいい。

「残りは一試合か」

栗田は再びタブレットに目をやる。

第四試合　千本木周一チーム対上宮暁チーム――審査中

この試合の審査が長引いているのは、千本木周一の作った和菓子のためだった。

事前のくじ引きで、千本木周一は「指定」の紙——くじを引いた側が題材を自由に指定できる——を引き、テーマを「素材を活かした和菓子」に決めた。

くじを引かなかった上宮は後攻を選び、千本木周一の和菓子が先に披露される。

そして彼の作った品は「梨とりんごの甘煮」だったのである。

極上の梨とりんごを砂糖や香辛料を加えて煮た逸品で、非常に素材を活かしている。

だがこれは果たして和菓子だろうか？　コンポートやグラッセに近くないか？

千本木周一の主張は、果物こそが和菓子の起源で、これは菓子と素材の関係について改めて問いかける和菓子だというもの。だから議論となり、時間がかかっている。

上宮がなにを作ったのかはまだわからなかった。ひょっとすると例の聖徳の和菓子がようやく見られるのか？

「でもあいつ、調子悪そうだな……」

タブレットに表示された上宮を見て栗田は呟く。

彼の顔色はいつにも増して青白く、目の下が黒っぽい隈になっていた。よく眠れていないのだろうか？　いつも明るく浮世離れして見えるが、彼はなにかのきっかけで時折こんな余裕の欠けた状態になる。

やっぱり弓野の件が堪えてるんだろうな、と栗田は思う。上宮のパートナーである弓野が出場できなくなった理由は、ひどく物騒なものだったからだ。

それはつい先月のこと——。六月に起きた出来事を栗田は思い出す。

＊

栗田と葵が台東区の病院へ向かったのは、六月の最終週のことだった。

六月十六日の和菓子の日に宇都木雅史がマスコミを集めて記者会見を開いた、その翌々週のことだ。あの日、記者会見が終わった後に宇都木から脅迫状を見せられた。

『勝ち抜き戦を中止せよ。さもなければ出場者が死ぬ。日本文化を憎む者』

そんな剣呑な内容だった。なにかあったらすぐに連絡をくださいと宇都木には頼まれたが——どういうわけか、その事件は浅草で起きたのである。

弓野が何者かに襲われ、車にはねられたのだった。

栗田と葵が病室に入ると、窓際のベッドに弓野が寝ていた。眩しい日射しを遮る白いカーテンを背景に、マスターが腕組みして立っている。

「マスター!」

栗田と葵が近づくとマスターが顔を上げた。

「おう、ふたりとも逢瀬の邪魔をして悪かった。急な連絡だったのに早かったな」

「こんな話聞かされたら落ち着いていられねえよ! 弓野はどうなんだ?」

「今は薬で眠ってる。命に別条はないそうだ。骨なども折れていない」

「そっか――」

栗田は胸をほっと撫で下ろした。「ひとまずよかった……」

ベッドで寝息を立てている弓野の顔は安らかだ。ただし目立つ外傷がひとつある。弓野の左手から左肘にかけて、白いギプス包帯が幾重にも巻かれていた。指は五本とも包帯から出ている。手のひらの刺し傷だと聞いているが――。

「本当に、命がご無事でなによりです。早く目を覚まして、あの明るい声をまた聞かせてほしいですね。でも具体的になにが起きたんですか? 電話の話だけだとよくわからなくて。そもそも、どうしてマスターさんが弓野さんを?」

葵が片手を胸に当てて尋ねる。

「いや、それが本当にたまたまでな。今日は定休日だから、ひさしぶりに近所をぶらついてたんだが」

困惑気味に語り出すマスターは、確かに休日の私服スタイルだ。無地のシンプルな装いだが、筋肉質だから無駄に絵になる。

「国際通りに差しかかったときだった。ふと、妙な男が目に入ってな。かなり距離が離れていたんだが、一見して異様だった。この陽気だってのに、上下とも黒のスウェットで、ご丁寧に黒いキャップと黒いマスクまでしていたからな」

「不審者じゃねえか。太陽の光、吸収しまくりだろ」

怪しすぎる男だと栗田は思った。

「だろう？　そいつは弓野くんの店——なんといったか……そうそう、夢祭菓子舗の中の様子をうかがうように通りをうろうろしていた。で、正面の入口から弓野くんが出てきた途端、いきなりポケットからナイフを取り出したんだ」

あれは完全に狙っていた、とマスターは声を低くした。

「弓野くんは片手を前に出して、来るなと叫んだ。だが黒づくめの男に止まる様子はない。俺は争いを止めようと走った。やめろ、と大声で呼びかけると、黒づくめの男が一瞬こちらを見て——それで動きが少し遅れたんだな。黒づくめの男が再び弓野くんに襲いかかったが、俺の体当たりがぎりぎりで間に合った。弓野くんは手のひらを少し刺されただけ。黒づくめの男は突き飛ばされて地面に倒れた」

そのとき気づいたんだが、とマスターは思案しながら続けた。

「黒づくめの男は、どうも堅気という雰囲気じゃなかった。なにか訓練でも受けたかのような……。地面に倒れるときも手慣れた受け身を取っていたし、ナイフの攻撃にも躊躇がなかった。ありゃ素人じゃないぞ、たぶん」

「マジか」

栗田は驚く。それはつまり——。

「あとのことは、あっという間だった」マスターが痛ましそうに続けた。

弓野はマスターに助けられて軽症で済んだが、命を狙われたことを実感してパニックになった。ナイフを持った男が近くに倒れているのだ。錯乱しても無理はない。

弓野は無我夢中で逃げようとして誤って車道へ飛び出し、運悪く車にはねられたのだという。マスターは黒づくめの男を捕まえるつもりだったが、慌てて弓野の方へ向かった。即座に救急車を呼び、病院まで付き添ったのだという。

幸い、車との当たり所がよかったらしく、それは軽い打撲で済んだそうだ。

「弓野くんが助かったのは幸いだが、犯人を逃がしたのは俺らしくない失策だな」

「や、マスターはよくやったって。弓野を助けたんだ。犯人は警察が捕まえるだろ」

「どうかな」

マスターは一瞬、言葉を切った。

「さっきも言ったが、ありゃ素人じゃない。きっと雇われた専門の業者だ。なぜ業者が弓野くんを狙ったのかはわからんが、簡単には捕まらない気がする」

「ん……」

なぜ弓野が標的になったのか、栗田には仮説がひとつあった。それを口にする前に

「じゃあ、やっぱりあれでしょうか」と葵が呟いて続ける。

「例の脅迫状を出してきた『日本文化を憎む者』に雇われたんでしょうか……？」

「だな」

栗田も同じことを考えていた。「他には考えられねえ。日本文化を憎みすぎだろ」

『勝ち抜き戦を中止せよ。さもなければ出場者が死ぬ』——あの言葉は脅しではなかった。そしてターゲットの一人目が弓野だったということなのだろう。

もっとも弓野は偶然通りかかったマスターの活躍で、軽い怪我で済んだが。

これから他の職人たちも狙われるのだろうか？

わからない。弓野の叔父である宇都木と電話で話すと、すぐに優秀な警護スタッフを編成して、本選に出るすべての和菓子職人をさりげなく守らせるという。その情報

を発表もするという。

だったらもう『日本文化を憎む者』も簡単には動けなくなるはずだ。ひとりが捕まったら芋づる式に一網打尽になる。襲撃が事前にわかっている場合、警護のプロには防ぐ方法が多々あるらしい。業者が単独でプロ集団に対抗するのは難しいだろう。

——もっとも、それ以前の問題だけどな。

「俺なら——」

栗田は込み上げる大きな感情に突き動かされて続ける。

「葵さんに指一本触れさせねえ。たとえどんなやつであっても」

栗田の行動原理の根幹にある、飾らない率直な気持ちだった。言葉から発散された強い感情が、病室の沈黙の中にゆっくりと拡散していく。

ふと我に返って隣を見ると、葵が目を大きく見開き、頬を紅潮させていた。

「く、栗田さん……」

「あ！　いや、その」

「……ありがとうございます。他の誰に言われるより心強いです」

葵が赤面しながら律儀に会釈する。

「……本気だからな」

栗田も頰が火照るのを感じながら言った。

正直、今のは心の中にとどめておくべき言葉だった。しかし実感と意志のこもった本音でもある。葵は今の自分にとって一番大切な人。誰にも手は出させない——。

頰を上気させるふたりを眺めながら、マスターはいかにも茶化したいというふうに無言でにやにやしている。弓野はベッドで静かに眠り続けている。

そんな出来事が六月の最終週にあったのだった。

＊

「——結局のところ」

先月のことを回想していた栗田は、ふっと我に返って言った。

ここは有明。本選開催中のコロシアムの控え室である。

「やっぱ宇都木さんの打った手が功を奏したんだろうな——優秀な警護スタッフにさりげなく守らせるってやつ。正直、そんなに頑張ってた印象なかったけど」

「わたしも、ほとんど見かけなかったですねー」

卵を割って黄身が二個出てきたのを見たことがないと言うような葵の口調だった。

「ただ、なんだかんだで、あのあとは誰も襲われてねえからな」

「ですねー。効果はてきめんだったということで」

「警護の情報でけん制もされて、『日本文化を憎む者』もさすがに諦めざるを得なかったってところか。弓野は気の毒だったけど……」

そう、彼だけは本当に可哀想なことになってしまい、栗田は心が痛む。

もともと弓野は上宮と大会に出るつもりで同じチームに登録したが、あっさり断られて、ひとりで参戦していた。ずいぶん深く落ち込み、悩んでいたようだ。それでもなんとか本選までは勝ち抜いてきたものの——。

黒づくめの男の襲撃が決定打となり、ついに弓野の心身は潰れた。

蓄積したストレスと疲労が限界に達し、倒れてしまったのだ。今は別な病院で療養している。命を狙われた上に交通事故にも遭ったわけだから、ショックは計り知れない。今は精神科の治療も受けていて、もう大会には出られないそうだ。

そして、そんな状態の弓野を見かねて、上宮は出場を決めたという話だった。

上宮のことだ。きっと単独で優勝し、弓野への手土産にするつもりだろう。それくらいの意図がなければ彼はわざわざ出てこない。

上宮は俗世間のことにはあまり興味なさそうだが、大きな意味での優しさを持った男だと栗田は認識している。和菓子の道を離れたとはいえ、自分を慕う弓野を見捨てられないに違いなかった。弓野の得意な和菓子は葛焼きだ。上宮と一緒に大会でそれを作る夢は実現しなかったが、別な形で福音は訪れるのかもしれない。

ちなみに栗田たちにとっては最大級の強敵の参戦であり、ますます予断を許さない状況になってしまった。

「ところで栗田さん、覚えてますか？」

ふいに葵が話題を変えた。「前に横浜で、伊豆奈さんに聞いた件なんですけど」

「ん、中華街のときの話か？　だいぶ前だな……。なんだっけ？」

「ほら。伊豆奈さんが、宇都木さんのことに言及してたでしょう。気をつけろって」

「あ、それか！」

栗田も思い出した。『宇都木雅史は、なにか企んでいる』――中華街の関帝廟通りを歩きながら、あのときの伊豆奈はそんな助言をしてくれたのだった。

――『途中でなにか仕掛けてくるかもしれない。それは大がかりな奸計か、些細な言葉の罠か。今はまだ見えないが、あいつはずいぶん急進的な、やり手の起業家なんだろう？』

思い出したものの、正直、穿ちすぎのように今の栗田は感じる。なにせ宇都木はこの大規模イベントの主催者だ。余計なことを考えている余裕はなさそうだが。

「あの話、気にしてたのか？」

「ええ。じつはわたし、今日のイベントの最中になにか起きるのかなって予想してたんです。でもこのあとも、なにもなさそうですよね、雰囲気的に」

「だな。宇都木さんが普通に締めの挨拶して、終わりじゃねえか？」

栗田が答えると、葵は「だったら――」とぽつりと呟いた。

「だったら？」

訝しむ栗田の前で、葵は視線を上に向けて考え事を始める。控え室の天井は白くフラットで、とくに連想を掻き立てるものは見当たらない。

やがてなにか決意したような顔で葵が口にした言葉は予想だにしないものだった。

「――栗田さん、ちょっと宇都木さんとお話をしに行きませんか？」

「え、今から？」

「審査の様子を見た感じ、まだ時間がかかりそうなので。誰も逃げない今のうちに答え合わせをしておきましょう」

一体なにが始まるんだ、と栗田は困惑した。

僕はやっぱり間違っていたんだろうか――。弓野有は病室のベッドに背中を預け、白いギプス包帯が巻かれた左手を眺めながら、ぼんやりと考える。
だったら――どの段階で間違えてしまったのだろう？

＊

弓野有は奈良県出身。父親の顔は知らない。失踪して今は行方がわからないのだと幼い頃に母親から聞かされた。母親の顔はうろ覚えだ。なぜなら弓野が小学校低学年の頃に、新しい男とどこかへ行ってしまったから。

見捨てられた子供――そうならずに済んだのは母方の祖母がいたためだった。子供時代の弓野は、宇都木家の祖母のもとで世話になり、ひたすら溺愛されて育った。

弓野とその母親のことを思うと、祖母はそうせずにいられなかったのだろう。欲しいものはなんでも買ってあげたし、食べたいものはすべて食べさせた。褒めて、甘やかし、持ち上げて、過剰なくらい猫かわいがりした。

結果として弓野は、忍耐力というものがまったくない少年に成長した。

疲れることはやらない。煩わしいものには近づかない。少しでも我慢が必要なときは逃げる。運動会や学芸会などの練習も、にこにこしながら全部すっぽかす。協調性が皆無で、そのため小学校に友達はひとりもいなかった。あいつは自分勝手すぎるというのがクラスの共通見解だ。そしてその敵意にも似た空気はさすがにマイペースな弓野にも伝わり、人知れず悩むことになった。

──どうしてみんな、無理のあることばかりするんだろう？　やりたくもないのに勉強したり運動したり、疲れるだけなのに周りの人と合わせたりして。

苦しくないのかなぁ？

自分自身を無理やり辛い目に遭わせるような人とは、仲良しになれないよ──。

それが弓野少年の偽らざる本音だった。小学校の高学年になっても、その価値観は変わらない。さすがに祖母も孫の未来を危惧して、苦言を呈した。

「あのね。世の中にはいろんな考えのいろんな人がいるんだよ。嫌なことでも少しは我慢しなくちゃね。もうすぐ中学生になるんだから」

しかし今さらそんな言葉が響くわけもなく、弓野は「ふうん」と聞き流す。悪意はないが、心に入ってこないのだ。そして相変わらず友達はひとりもいなかった。

これではまずいと思ったのか、祖母はある日、弓野少年を和菓子の老舗、御菓子司夢殿へ連れていった。和菓子作りの一日体験をさせてもらうためである。

もともと弓野は味覚が鋭く、お菓子を作るのが好きだった。協調性はないが、興味のあることには無心に打ち込む。これを契機に店に遊びに行くようにでもなれば、新しい人間関係を育んで精神的に成長してくれるのでは――。

祖母はそう考えたのだった。店主と祖母が知り合いだったので事情を話し、そういうことならば、と特別に計らってもらったのである。

御菓子司夢殿の、午後の手の空く時間帯――。弓野は職人のひとりに和菓子作りを体験させてもらった。驚くほど要領がいい弓野に、周りの者がざわざわと驚く。

その騒ぎを聞きつけたのか、ふいに見知らぬ少年が作業場に入ってきた。

「色はにほえど、散りぬるを――。我が世たれぞ、常ならむ」

いろは歌を口ずさみながら現れたのは、肌の白い繊細な顔立ちの少年。透明感のある薄茶色の瞳を弓野に向けて、血色のいい唇を開いた。

「和菓子を作るのって面白いんだな、と君は考えている。もっとやってみたいと思っている。――いいんじゃないですか。たぶん期待は裏切られないでしょう」

神秘的な少年が続けた。

「そして、僕の考えてることを言い当てた目の前の相手は何者だろうと君は考える。

予測が得意なだけの、ただのこの家の子供ですよ。名前は――」

それが上宮暁だった。

あの忌まわしい事件が起きて変わってしまう前の、明るくて優しい上宮暁――。

弓野は理屈を超えて一瞬のうちに心を奪われていた。

「和菓子の世界は楽しいですよ。君も遊びに来ますか？」上宮少年が目を細めた。

「行く！」

弓野は本能的に答えた。

「あはー」

上宮が両手の人差し指を自分の頬に向け、にっこりと笑う。そして弓野にとってはこれが一生の出会いとなるのだった。


それから弓野は上宮家が営む店、御菓子司夢殿に足しげく通うようになった。

上宮暁や妹の上宮瑠夏(るか)が遊び相手になってくれたからだ。忙しいときは店の手伝いもさせられた。その延長で、成長後は正式な職人として働くことになるのだが――。

でも楽しかった。

勉強にもなった。上宮暁は子供とは思えないほど大人びていて、皆に神童と呼ばれていたのだ。考え方も独特で、弓野は何度も目から鱗が落ちる思いをさせられた。

その最たるものが長年抱いていた悩みへの回答である。

「どうして人はわざわざ無理して、いろんなことを頑張らなきゃいけないのかな?」

弓野の疑問に、上宮少年は菩薩(ぼさつ)のような微笑みを返したものだった。

「ドゥッカ――『苦』を得るためです。苦難の道を突き進み、うまくいけば満足感が手に入る。でもそれは一時的なものなんです。またすぐ別なものに目が向いて、終わりなく繰り返す。足るを知らない不満足が、真のドゥッカということです」

「……どういう意味?」弓野は頭がこんがらがった。

「ありのままの自分でもいいということですよ」

上宮が嚙み砕いて説明した。

「なにかを求めて無理し続けるのではなく、今あるものを満喫する。現状で満足するのも、ひとつの立派な生き方なんです。ゆーみんは自分らしく生きればいい。そのままの君を受け入れてくれる人に、いつか出会えますよ」

「そっかぁ――」

よくわからないなりに弓野は深い感銘を受けて、それが今に至るまでの人生哲学となる。また、スマートフォンを購入してSNSを始めてからは、弓野の考えに共鳴する人が実際に続々と現れて、人気者にもなれた。

上宮の言葉に間違いはない。彼こそが自分を導いてくれる聖徳のヒーローなのだ。

いつしか弓野は熱烈な上宮の信奉者となっていた。そして時は流れて――。


真に偉大な人物は、助けを求める者を見捨てないという。

国際通りで何者かにナイフで襲われ、直後に交通事故に遭い、心身が限界に達した弓野が入院している病室に、ある日のこと――いつのまにか来訪者の姿があった。

ベッドに寝ていた弓野は無言で目を大きく見開く。

「ゆーみん」

淡く優しい微笑みを浮かべ、そばに立っていたのは上宮暁だった。

「まったく。柄にもなく無理をするからこんなことに」上宮が吐息をつく。

来てくれたんだ、と弓野は思わず涙ぐんだ。やっぱり上宮さんは来てくれた――。

もはや取り繕っている状況ではない。単刀直入に思いをぶつけるしかない。弓野は体に残ったすべての生命力を燃やし尽くすようにして口を開いた。

「……お願い……します」

ひどくかすれた弱々しい声が出た。

「上宮さん……お願い、します……」

果たして伝わるだろうか。弓野は魂を振り絞るように全身全霊で言葉を発する。

上宮は静かに頭を左右に振って、「だから無理はよくないって言ったじゃないですか。ゆーみんには似合わないですよ、命を賭けた努力なんて」

そう言うと儚(はかな)げに苦笑して続ける。

「大丈夫。心配しなくても大会の本選には代わりに出ておきます。和菓子の世界とは縁を切ったつもりでしたが、こんなことになった以上、致し方ありません。誰にでも間違えることはありますからね」

刹那、その言葉を聞いた弓野の胸の中で、今まで堆積していた感情が爆発した。

ああ――。

色々なことをしたし、見透かされてもいる。でも長年の夢が――上宮を再び和菓子の晴れ舞台へ連れ戻す悲願がついに達成されたのだ。ありがとうの言葉すら出てこなかった。それほどすさまじい歓喜に圧倒されていた。ただただ嬉しくてたまらない。

「さておき今の僕が、どこまでできるものやら」

上宮が小さく呟いた。「あの強敵たちに太刀打ちできるのでしょうか」

「しょう……とくの……」

――聖徳の和菓子を作ればいい。

この世のあらゆる菓子の中で、あれだけは別格だ。作った時点で勝利が確定する。

弓野が心の中でそう訴えかけると、ふいに上宮の瞳がすっと冷たい色を帯びた。

「残念ながら、もう作り方を覚えてないんですよ。――忌まわしい記憶とともに捨ててしまったから」

奇妙なことを呟いた上宮は、なぜか能面のような無表情に変わっていたのだった。

＊

全国和菓子職人勝ち抜き戦が開催中のコロシアム。

千本木周一チームと上宮暁チームの試合が決着する少し前のこと――。

「審査待ちというのも案外、手持ち無沙汰なものですからね。もちろん私の方は構いませんよ。話くらいなら存分に聞きましょう」

ちょっと話がしたいと言って面会に行った栗田と葵を、宇都木雅史はいたって快く迎えてくれた。

コロシアム内に特別に設けられた面会用の部屋だ。ローテーブルを挟み、栗田と葵は黒い革張りのソファに腰かけて宇都木と向かい合う。

「ただ、いわば出番待ちの最中です。できれば手短かにお願いしますよ。あなた方は、なにをそんなに急いで話す必要があるんですか？」

宇都木が片手を広げて問いかける。じつは栗田も彼と同じ疑問を抱いていた。

ここまで来る途中、葵は考え事をしながらぶつぶつと呟き続け、詳しい話を訊く暇がなかったからだ。

──葵さんは林伊豆奈の助言を気にしてたみたいだった。あの『宇都木雅史は、なにか企んでいる』ってやつ。ただ、実際にはなにも起きなかった……。

たぶん今日のイベントはこのまま無事に終わる。栗田がそんなことを言ったとき、葵が「だったら」と唐突に呟いたのだ。その言葉がここに来た理由につながっているようだが、葵の思考の流れがいまいち把握できない。

「お伺いしたいのは、弓野さんのことです」

葵が静かに切り出した。

「ああ、その話ですか……」

宇都木が沈痛な面持ちで続けた。

「本当に痛ましい事件でした。自分の甥をあんな目に遭わせた犯人を私は絶対に許せません。あの実行犯が『日本文化を憎む者』なのかどうかはまだ不明ですが、現在も警察が捜査中ですし、いずれ逮捕してくれるでしょう。すべてが発覚したら情け容赦なく、徹底的に法の裁きを受けてもらいます」

「事件は先月でしたよね。まだなにも手がかりはないんでしょうか？」葵が訊いた。

「そのようです。犯人は防犯カメラの位置などを熟知していたらしく、警察は足取りを追うのに手こずっているみたいですね。土地鑑があったのかもしれません。もしくは入念に浅草を下見していたのでしょう」

宇都木がため息をついた。「でもご心配なく。あれ以来『日本文化を憎む者』に動きはありません。今日も警備員を当初のプランの二倍近く増員しているんですよ。あなた方はなにも心配しなくても大丈夫です」

「やー、ありがたいことです。じつはその件なんですけども」

葵がやや思案するような顔になった。「事件について、先程ちょっと思いついた仮説があるんです。話しても構わないですか？」

「ほう！」

宇都木が目をぱっちりと見開く。「それは興味深い。才媛と名高い、鳳城家のお嬢様の見解を聞けるのは助かりますよ。今後の参考のためにも、ぜひ教えてください」

「わかりました。それでは——」

数秒ほどの沈黙の後、葵が口にしたのは控えめに言っても型破りな言葉だった。

「犯人は弓野さんとそれなりに親しい人物である可能性が高いです。そしてこの事件は二人目、三人目と続くようなものではなく、既に役目を終えている。じつは最初から弓野さんひとりをリタイアさせるのが目的だったと思われます」

「突然なに言い出すんだ、葵さんっ？」

栗田は驚いて声を大きくした。「どういう根拠で、そんな突拍子もないこと」

「栗田さん」

葵が隣の栗田へ顔を向ける。「ごめんなさい。考え事に夢中で言うのを忘れてました。わたし、例の企みごとは、とっくに達成されてたんじゃないかと思ったんです」

葵が告げた次の瞬間、戦慄の思考が栗田の脳裏を駆け抜ける。そういうことか。

林伊豆奈の助言、『宇都木雅史は、なにか企んでいる』——しかしそれは今日はもう起こらないだろう。だったら既に発生し、終了してしまった可能性もあるんじゃないかと葵は考えたのだ。終わってしまった事件で思い当たるものはある。

——弓野が襲われた事件が、宇都木さんの企みの結果だったってことか。

そして宇都木にこの話をするということは、おそらく葵は仮説という体裁で、かまをかけている。だからこそ、出番待ちの中途半端な時間帯を狙ったのだろう。『誰も逃げない今のうちに答え合わせをしておきましょう』とは、そういう意味だったのだ。

──葵さんは……宇都木雅史が犯人だって思ってるのか⁉

つまりは叔父の宇都木が、甥の弓野をナイフで襲ったという構図だ。あまりの衝撃に栗田は震撼して全身に鳥肌が立つ。

「もともと弓野さんの事件で気になる点はあったんです。彼は逃げるべきときに逃げず、逃げなくてもいいときに逃げています」

葵が再び宇都木に顔を向けた。

「仰ることの意味がよくわかりません。具体的には？」

「これは事件を実際に見たマスターさんに聞いた話なんですけども──実行犯がお店の前で待ち伏せしているとき、弓野さんは正面の入口から出てきてるんですよ」

「だから？」宇都木は訝しげな顔だ。

「お店の人って普通、お客さんと同じ出入口は使わないんです。休憩に出るときは裏の勝手口とか、従業員専用の出入口を使います。弓野さんもそうだったはずです」

それから、と葵は言葉をつぐ。

「実行犯が襲ってきた際、弓野さんは片手を──。左手を前に突き出して、手のひらを刺されてます。弓野さんとは今まで何度も関わってきましたけど、ごくありふれた右利きでした。それなのに、どうして左手を突き出したんでしょう？」

「利き手を守ったのでは？」宇都木が答えた。

「別にそんなことをしなくても、普通に逃げればいいと思います。現にマスターさんが介入したあとは車道へ逃げてます。それで車にはねられてしまったわけですけど」

「気が動転して合理的な行動ができなかったんでしょうね」宇都木が冷静に言った。

「いえ――むしろ逆じゃないでしょうか？」

葵が思慮深く言葉を重ねる。

「弓野さんは予想外のアクシデントが起きても、極めて合理的に行動した。打ち合わせのとおり、最終的な目標を遂げられるように――。この日時にこの場所で、こんな方法で襲われてリタイアするというふうに、事前にすべて示し合わせてあったからです。じつは最初の脅迫状もその一環だったと思うんですよね。自作自演の事件に信(しん)憑(ぴょう)性を与えるための前振りで」

ここからはあくまでもひとつの仮説として聞いてください、と葵が前置きして語り始めた。

「もともと弓野さんは、犯人に襲われることを知っていた。というより、その計画に加担していたんです。自分が傷つく内容ではありますが、引き換えに大きな目的を遂げられるとか、親しい人に頼まれたとかで、やるしかなかったんでしょう。ナイフで襲った実行犯が誰なのかは現状わかりません。計画を持ちかけた人かもしれないし、業者かもしれない。そこのところは不明ですけど、とにかく弓野さんは事前に了承していました——」

当初の予定では、おそらく弓野は実行犯に、利き腕ではない左の手を深く切りつけられてリタイアするはずだった。

だが偶然通りかかったマスターが助けに入り、左手は軽傷で済む。これではリタイアできないし、おまけに実行犯がマスターに捕まったら、計画が明るみに出て大変なことになる。だから弓野は実行犯を逃がすために、あえて道路に飛び出し、車にはねられた。なんとか直撃を避けるような形で車にぶつかっていったのだ——。

「弓野さんが逃げるべきときに逃げず、逃げなくてもいいときに逃げて車にはねられたのは、そんな事情があったからだと思うんです。そして弓野さんにここまでさせられる人は、わたしにはひとりしか思い当たりません」

葵が、じっと対面の宇都木を見つめる。その意図は本人にも伝わっているだろう。弓野が浅草に店を出せたのは、叔父である宇都木の資金援助のおかげ。絶対に頭が上がらない相手であり、このように大規模な計画を立てる頭脳もある。

　つまるところ伊豆奈が警戒していた宇都木の企みごとは、葵たちではなく、じつは弓野に対するものだったのだ。

「なかなかユニークな着眼ではありますが」

　宇都木が呆れたふうに嘆息した。「ナンセンスです。わざわざ甥をリタイアさせて、私になんの得があるのでしょう？」

「――上宮暁さんを大会に引っ張り出せます」

　異変はふいに訪れた。葵がその言葉を口にした途端、宇都木の顔から感情がすうっと抜け落ち、能面のような無表情になったのだ。しかし葵はひるまず続ける。

「結果を見ると他にありえないと思うんです。そもそも弓野さんの目的も、上宮さんを和菓子業界に復帰させること。同じ目的を共有しているからこそ弓野さんは怪我を承知で、襲われる役を引き受けたんじゃないですか？　そしてこの先は、さらに発想を飛躍させますが、じつはこの大会そのものが上宮さんを復帰させるための――」

「馬鹿馬鹿しい。上宮暁を引っ張り出して、私にどんなメリットが」

「聖徳の和菓子」

　葵が明瞭に口にした。「この大会って録画するカメラの数がすごいですよね。今では詳細を誰も知らない、聖徳の和菓子の実物を上宮さんがここで作れば、製法が丸わかりじゃないですか。出会ってからずっとです。聖徳の和菓子の件って、なんだかずっと謎めいたまま、わたしたちの周りを漂ってる気がします。理由はわからないですけど、あなたにはどうしてもそれを知る必要があるのでは？」

「へえ……」

ふいに能面のようだった宇都木の無表情が変化した。目を大きく見開き、にいっと頬肉を持ち上げて、白い歯を不気味に剝き出しにする。

「もしも――そうだとしたら？」

身の毛がよだつ、ぞっとするような笑みを宇都木が浮かべた。

異様だった。ちょっと普通の人間には見えない。人を喰らう魔物が隠していた邪悪な本性を現したかのようだ。これにはさすがの葵も息を呑んで言葉を出せない。

しかし――。

「……そうなのかよ？」

栗田は葵を守るように身をぐっと前に乗り出して、宇都木を睨んだ。あごを振り、葵からその顔を遠ざけろという仕草をすると、宇都木がわずかに身を引く。

「あんたは、そのために人のことを踏みつけにしたのかよ？」栗田は問うた。

正直、今までの話はあまりに予想外で、頭を整理するのが精一杯だった。葵の縦横無尽な思考に翻弄されたこともある。だが今やっと事態が腑に落ちて、胸に自然と浮かんでくるのは怒りだ。それも火がついたような純粋で激しい怒りだった。

葵には指一本触れさせない——。その気持ちもあるし、心身が限界に達して入院を余儀なくされた弓野も気の毒に思う。

別に弓野は気の合う友人などではない。むしろ苦手なタイプだ。だが、だからといって無下に踏みつけられたのを黙って見過ごしてたまるか。

人としてそう思う。

同じ日本に住む者として、同じ町の住民として、合わない相手でも傷ついていたら助けなきゃいけない。それが人間じゃないか。自己責任？　知ったことか。自分以外の人間はどれだけ不幸になってもいいなんて、さもしいことは絶対に言いたくない。

「俺はこれでも浅草生まれの江戸っ子なんでね。知ってるやつがひどい目に遭わされたら、やっぱ頭に来んだよな」

栗田の中の義侠心が、目の前の相手を許せないと沸き立っていた。

「あんたから見たら、取るに足らない甥かもしれねえ。でも、弓野は弓野なりに生きてんだよ。それをやりたい放題、利用しやがって。——許さねえぞ！」

栗田は宇都木の黒目を見据えて苛烈な怒気を放った。

「くっ……」

宇都木の眉がぴくっと動き、不気味な能面が元の人間的な顔つきに戻っていく。

魔性の気が、勇士の一喝で追い払われた。凍りついていた非日常の空気がほどけ、再び現実的に流れ始める。

隣の葵がふうっと深呼吸して「助かりました、栗田さん……」と呟く。

そして彼女は顔を上げると、宇都木を凜々しく見つめて再び口を開いた。

「わたしたち、明日も全勝して優勝の栄冠を頂きます。そして大観衆を前にした勝利者インタビューで、あなたを告発します」

大胆不敵な葵の宣告に、宇都木は「ほう」と目を細めて続ける。

「なかなか面白い話でしたが——すべては推測で、物的証拠がありませんよね？」

「これから見つけます」

「そう簡単にいくでしょうか？　そもそもあなた方では彼に勝てませんよ」

彼って誰だよ、と栗田が口を挟もうとしたとき、近くに置かれたタブレットの画面内で動きがあった。いつのまにか審査が終わり、千本木周一チームと上宮暁チームの決着がついたらしい。

——もしかして……噂の聖徳の和菓子がついに見られるのか？

栗田は思わず背筋を伸ばした。そして画面内の進行役が口元にマイクを近づける。

「ジャッジ三名——上宮暁チーム、上宮暁チーム、上宮暁チーム！　３対０で上宮暁チームの勝利です！」

会場にわっと歓声があがった。画面の下には勝利者の製作物が表示されている。

上宮が作った和菓子は葛焼きだった。

ここに来ることができなかった、弓野が得意としている葛焼き——。

上宮の製作したそれは色が限りなく黒に近い。きっと小豆餡を通常よりも、かなり多く使っているのだろう。薄い糖衣をまとった羊羹にも見える、黒い和菓子だ。

千本木周一の「梨とりんごの甘煮」は審議の末、和菓子だと認められたが、肝心の味そのもので上宮の葛焼きに及ばなかったらしい。完全な実力勝負で決着したのだ。

体調のよくなさそうな上宮が、画面の中で若干ほっとしたような表情を浮かべる。

それから上宮は左手を前に突き出し、右手を後ろに引くと、天に向けて弓を引くような仕草をした。なんの真似だろう？　会場の観衆にはまったく意味がわからない。

——そりゃそうだ。入院中の弓野だけに宛てたメッセージだろうからな。

彼らは彼らなりに通じ合っているのだ。栗田は胸にじわりと熱いものを感じる。

「強者に理屈はいらない。強い者は、ただ強い」

対面の宇都木が静かに呟いた。

そうかもしれない。間違っても楽に勝たせてくれる相手ではない。だが――。

それでも俺は負けるわけにいかないんだ、と栗田は思う。

葵とともに歩む未来を掴み取るために。

＊

その日の夜――。

「やー、これはこれでなかなか風情があるものですねー」

樹木が点々と並ぶ、瀟洒な夜の有明ガーデンを栗田と葵は並んで歩いていた。

「ああ。なんか足下に咲く花火って感じだな」

イベント開催期間ということで、地面には花や鳥などのシルエットが、色鮮やかな光でふんだんに投影されている。その中を歩いていると、確かに独特の趣があった。

全国和菓子職人勝ち抜き戦の一日目のスケジュールはすべて終了――。用意された夕食をとった後、栗田と葵は外へ軽い散歩に出かけたところだった。

本選出場者は全国から参加しているため、コロシアムの近くのホテルに宿泊している。栗田と葵は東京在住だから通うこともできるが、運営側から宿泊券を贈られたため厚意にあずかることにしたのだった。もちろん部屋は別だが。

ひと気の少ない夜の有明ガーデンを、ふたりは肩を並べて歩いていく。

「それにしても、今日はほんとに激動の一日でしたねー」

「ん。マジでいろんなことがあったからな。半端じゃない密度だった」

「明日はどうなるんでしょうね……」

葵が遠くを見るような表情で呟いた。本当にどうなるのだろうと栗田も思う。

明日の予定は、午前の部が準決勝。午後が決勝戦だ。

準決勝第一試合　鳳城葵チーム対林伊豆奈チーム

準決勝第二試合　我那覇巧チーム対上宮暁チーム

決勝は、準決勝を勝ち抜いたチーム同士の対決になる。

自分たちが劣っているとは思わないが、他の顔ぶれはいずれも最強クラスだった。

葵の母が何度挑んでも勝てなかった、不敗の勝負師、林伊豆奈。

葵並みの味覚と栗田に匹敵する身体能力を持つ、沖縄の天才、我那覇巧。

かつて和菓子の神童と呼ばれた、聖徳の和菓子の考案者、上宮暁。

どのチームが相手でも苦戦は必至だ。泣いても笑ってもこれが最後。とにかく全力でぶつかるしかない。そしてその結果で自分たちの未来も決まる——。

「あの、栗田さん……」

ふいに葵が足を止めた。振り返ると、彼女は眉根を寄せて切なげな顔をしている。

「どうした、葵さん？」

「このまま明日にならなければいい——なんて、思いません？」

「……思うよ」

思わないわけがない。勝つにしろ負けるにしろ、明日になればすべてが終わってしまう。どんな結果だろうと訪れる、大きな喪失感が目前に迫っている。この夜の中にいつまでもいられたら、どれだけ心地いいだろうか。

時間が止まってくれればいい——。しかし、そんなことがあり得るはずもなく。

「あ」

ふいに頭上の夜空を小さな飛行機が飛んでいく。まるで果敢に未来に挑もうとするかのように。——その光景は、なぜか人の営為の尊さのようなものを感じさせた。

そう、時は流れる。季節は巡る。不変だと思われていた風物も変化する。だからこそ自分が永遠に変わらないと思うものを――。永遠に変えたくないものを掴みたい。そのためには、全身全霊で動かなければならないことがある。それこそが突き詰めれば、人の生きる意味と原動力なんじゃないのかと栗田は思う。

「――葵さん！」

感情の高ぶりに促され、栗田は葵の双眸を見つめた。

「なんですか？」

「明日勝ったら、俺はあなたに……！」

結婚してほしいと申し込む――と熱情にまかせて続けるつもりだった。

だが思考が寸前で、待ったをかける。その言葉を簡単に口にしていいのか？

敵は強い。日本屈指の強敵揃いだ。こんな宣言をして期待させて負けたら、ただ悲しい思いをさせるだけ。そんな残酷な真似はしたくなかった。

栗田が俯いて言葉に迷っていると、前からふわりと誰かが飛び込んでくる。

甘い香りと柔らかな感触。魔法のような驚きの瞬間。――葵だった。

葵が栗田の胸に飛び込んできて、つま先立ちで一瞬、唇に唇で触れたのだった。

「――っ？」

さすがに栗田も驚いた。「あ、葵さんっ？」

「やはー……」

大胆なことをした自覚があるのか、葵は目に見えて赤面していた。眉尻を下げて、はにかむような、ぎこちない笑みを浮かべている。

「無理しないでください、栗田さん……。明日のことは明日でいいじゃないですか。放っておいても、向こうからやってくるんですから——」

いつもそうなんだよな葵さんは、と栗田は思い、胸がぐっと締め付けられた。俺が無理をしていると、こうして気を配って感情を楽にしてくれる——。改めてその優しさと聡明さを実感し、なんだかたまらない気持ちになった。最終戦の前夜、葵だってきっと平常心ではいられないはずなのに。

気づくと衝動的に抱きしめている。

彼女の肩に左手を添え、右手で細い背中を力強く引き寄せていた。

「——好きだ」

耳元で告げた。

「わたしも」

葵もささやくように言葉を返す。

このまま時間が止まってくれれば――。先程考えたばかりのことが再び頭をよぎる。

どうしようもなく、やりきれない感情に翻弄される夜だ。

ふたりはわずかに顔を離し、お互いの目を見つめる。瑞々しくきらめく瞳――。

葵が小さくうなずくと、栗田は再び顔を近づけて、そっと唇を重ねた。

この心臓の高鳴り。この胸の疼き。この切ない時間のことをずっと覚えておこう。

たとえどんな結末が訪れても、決して忘れまい。今夜のことを俺は死ぬまで心に刻みつけておくんだと栗田は思った。

あとがき

少しずつ、しかし着実に進んできた栗田と葵の物語もついに六巻になりました。前シリーズの『お待ちしてます』から読んでくださっている方にとっては実質的な十一巻目。長年のご愛顧、本当にありがとうございます。

さて、今回は七十年代の浅草に端を発する事件や、ついに開幕した和菓子の大会。突然の日帰り旅行など、盛り沢山の内容です。旅行先はなんと沖縄です。ちんすこうをはじめとする沖縄特有の菓子は、厳密には和菓子とは少々違う分類なのかもしれませんが、琉球王国の歴史なども含め、どこかで言及したいと思っていました。前巻で軽く取り上げた唐菓子とも若干の関係があります。そんなわけで今回、絶好の機会だと思って大会の構成に組み込み、不可解な事件なども絡ませたりして、棚にあげていた貴重な荷物をおろしたような達成感を味わっているのでありました。

そうやって自分でも楽しみつつ、興味のある事柄を探究して書き続けてこられたのは幸せなことだなと最近しみじみ思っています。その道行きで思わぬ発見をして視野が少し広がり、物事の見え方が変わってくる。創作の醍醐味というのは案外その辺りにあるのかもしれません。

キャラクターの方面でも今回は似たような出来事がありまして。

というのも、中盤から始まる和菓子の大会のパートで、お気に入りの人物が何人か物語の表舞台から退場してしまうんですよね。死去するわけではないのですが、作者からすればその人物の活躍をもう書けないのは、やはり淋しいこと。着手する前はそれなりに辛いものがありました。トーナメントの勝敗は二巻執筆時には既に決めていたので、諦めが悪いと言ってしまえばその通りなんですけどね。

ただ、実際に取りかかるとキャラクターの感情が先行するというのでしょうか。予想もしない言葉を彼らは次々と口にして、こちらを驚かせてくれました。さらりと潔く退場するはずが、いつかどこかで再会することもありそうな――そんな予感を抱かせて去る者もあり、作者としても思わぬ驚きです。というわけで、機会があったら活かしてあげたいと考えている今日この頃なのでした。

イラストを担当してくれたわみずさん、支えてくれた関係者の方々、そして読者の皆様ありがとうございました。次が最終巻です。またお会いしましょう。

似鳥航一

<初出>

本書は書き下ろしです。

◇◇メディアワークス文庫

いらっしゃいませ 下町和菓子 栗丸堂6

琉球幻想の夜

似鳥航一

2022年12月25日　初版発行
2023年6月30日　再版発行

発行者　山下直久
発行　株式会社KADOKAWA
〒102-8177　東京都千代田区富士見2-13-3
0570-002-301（ナビダイヤル）
装丁者　渡辺宏一（有限会社ニイナナニイゴオ）
印刷　株式会社KADOKAWA
製本　株式会社KADOKAWA

Printed in Japan
ISBN978-4-04-914703-2 C0193

メディアワークス文庫　https://mwbunko.com/

本書に対するご意見、ご感想をお寄せください。

あて先
〒102-8177　東京都千代田区富士見2-13-3
メディアワークス文庫編集部
「似鳥航一先生」係

似鳥航一
神か？ 悪魔か？
心理学を操り、
人の願いを叶える美青年
胡散臭い看板に、人並み外れた美貌、
工藤才希という青年は相当怪しい。
だが、その心理学に基づく知識は該博で、一流のカウンセラーだとか。
ただ、その願いの叶え方は変わっているので、要注意らしいが――。
心理コンサルタント
才希と
金持ちになる
悪の技術
心理コンサルタント才希と
心の迷宮
心理コンサルタント才希と
悪の恋愛心理術
心理コンサルタント才希と
金持ちになる悪の技術

そして、その日まで君を愛する

似鳥航一

似鳥航
Koichi Nitori
そして、その日まで君を愛する
And I will love you till that day.
メディアワークス文庫

読む順番で変わる読後感！
愛と幸福の物語はこちら。

十二歳の夏を過ごしていた少年・嵯峨愁。しかし、彼はあるとき“心”だけが三十年後に飛ばされ、将来生まれるという自分の息子・ナツキの少年時代の心と入れ替わってしまう。

途方に暮れる愁に、そっと寄り添う不思議な少女・雪見麻百合。彼女にはある秘密があって——。

「偶然じゃなくて、運命なのかもしれませんよ？」

長い長い時を超えて紡がれる大きな愛の回想録。

——物語は同時刊行の『あの日の君に恋をした、そして』に続く。

宮廷医の娘

冬馬 倫

黒衣まとうその闇医者は、
どんな病も治すという——

由緒正しい宮廷医の家系に生まれ、仁の心の医師を志す陽香蘭。ある日、庶民から法外な治療費を請求するという闇医者・白蓮の噂を耳にする。

正義感から彼を改心させるべく診療所へ出向く香蘭。だがその闇医者は、運び込まれた急患を見た事もない外科的手法でたちどころに救ってみせ……。強引に弟子入りした香蘭は、白蓮と衝突しながらも真の医療を追い求めていく。

どんな病も治す診療所の評判は、やがて後宮にまで届き——東宮勅命で、香蘭はある貴妃の診察にあたることに⁉

凄腕の闇医者×宮廷医の娘。この運命の出会いが後宮を変える——中華医療譚、開幕！

メディアワークス文庫

江の島ひなた食堂
キッコさんのふしぎな瞳

中村 一

仲直りのオムハヤシ、あの日の生姜焼き。食べれば心がほぐれ、繋がる——。


　江の島へと続くすばな通りの脇道に立つ「ひなた食堂」。入院中の父に代わり厨房に立つまひろはある夜、帰る場所の無い少女、キッコと出会う。

「ここは、腹を空かせた人が飯を食う場所だから」

　まひろが作った生姜焼きを平らげた彼女は、いつしか食堂の看板娘に。明るくて恋バナが大好きなキッコさん。でも彼女には「人の心が視える」という大きな秘密があって——。

　キッコの瞳がほぐした心をまひろの美味しいご飯が繋ぐ。「ひなた食堂」が、あなたのお腹も心もいっぱいにします。

メディアワークス文庫

ほくほく広島ごはん

割烹ダイニング花桃の細腕繁盛記

宮嶋貴以

閉店間際の割烹を、独創的な料理で救えるか？

広島の流川。そこは中四国地方最大の夜の街。その華やかな立地にある小さな割烹・ダイニング花桃を、ひょんなことから継ぐことになる河内緋菜。慣れない経営に借金まで作ってしまうが、ある日、記憶を失った青年と出会ったことから運命が好転。

このまま店を潰すわけにいかないと決意した彼女は、広島菜、三原のタコといった地元名産の食材による絶品料理を作りだす。緋菜の人柄と料理に惹かれた客たちの応援もあり、やがて割烹は賑やかさを取り戻していく――。

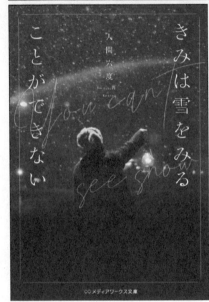